# 出会いの神秘
## その時、輝いていた人々

Sono Ayako
曽野綾子



WAC

# 出会いの神秘

## ——その時、輝いていた人々

## 目次

装幀／神長文夫＋柏田幸子
本文写真／佐藤英明

# 第1章　大地との接触

生活というものは常識的な意味では一人では成り立たない。ターザンのように、山奥で野獣を友として生きるという特殊な設定を除けば、人と関係を持ち、他者の恩恵を受けた制度や産品を使わせてもらって生きている。

私も多くの人に出会った、と私は心を躍らせて言う。私は人を恐れた癖に、人に憧《あこが》れた。幼い時の私は、人を見るとすり寄って行きたがったという記憶さえある。私は遺伝性の強度の近眼だったので、見ようとするもののすぐ近くに眼を近づけねばよく見えなかったからなのだが、子供時代、心理的にも、私は人のすぐ傍《そば》に行きたがる癖があった。許されたら触っていたい、という心境であった。

しかし皮肉なことに、結果としては私は恐れと遠慮に取りつかれる性癖もあって、どちらかと言うと、人から遠のくようにして生きていたのではないかと思う。

晩年に近くなると、私は時々人から「変わったお友だち、たくさんお持ちなのね」と言われることが多くなった。別の或《あ》る人には、「どうしたら、そんなにいい友だちができるんですか?」と聞かれたし、ジャーナリストの中には、「人脈を作るこつは何ですか?」と質問する人さえいた。

この率直な質問に対する方が、私には答え易《やす》かった。「友だちだという関係を利用しなければ、多分あなたのおっしゃる人脈はできるんです」と私は答えた。もっともこの「お友だち関係」については、私はよく嘘《うそ》をついていた。「××さんとお親しいんでしょう？」と言われると、「いいえ、親しくはありません。お辞儀くらいはしたことがありますけれど」と答えることにしていたのである。

そう言っておけば、簡単なのだ。その人についてこれ以上、私は深く聞かれなくて済む。その人が離婚した経緯を質問されたり、最近目立つようなある行動を取ったことについての原因を聞かれたりしなくて済む。或《あ》るいは、その人の娘の縁談や息子の就職、孫の入学の口添えを頼まれなくて済む。

私は、大切に思った人との関係を、すべてその人と私との間だけのいささか秘密なものにしておきたい癖もあった。

例外は、或る人の特殊な才能を、私が普段から会っている編集者や知人に紹介したいという情熱を時々持つことであったが、そして事実、その手の機会を作ることもあったが、その結果については私はあまり深追いしなかった。「あの後で、原稿をお願いしました」という報告を受けると、私は「よかった」と言ったが、我ながらその口調にはあまり情熱がこもっていなかった。文字通り、よかったというだけのことで、ことはすでに私の心理の領域を離れていたからである。

しかし私は、その人との出会いに関しては、深く記憶し感謝し続けた。それを私だけの秘密の財産だと感じることもあった。とは言っても、私は誰とでも淡々と別れて来たから、私が心の中でそんな思いを持っているなどと相手は感じなかっただろうと思う。

淡々と、軽く別れるという事は、その人に対する、私の最低の礼儀なのであった。直接会っている時、私は性格から、立場を超えて率直すぎる口のきき方をする時も多かった。

今はもう年寄りになったので、私が少々場を弁《わきま》えない言葉遣いをしても、世間の人は、あまりとがめないでいてくれるかもしれない。高齢者は「芸をするオウム」のように見られることがある。オウムが「バカヤロ、バカヤロ」と繰り返しても、それを聞いた人はおもしろがるだけで、本気で怒らないから便利なものだ。

いささか立場を逸脱して話すことが、その場その場において私のその人に対する誠実だと感じていたから、私はそういう生き方をしてきたのだが、その結果は、不快になって離れて行った人と、私との間の心理的距離を一挙に縮めてくれた人と、半々だったろう。つまり半分の人からは遠ざけられ、半分の人が、私のありのままの姿を受け入れてくれたように思う。そして残されたものが私の心の財産であった。

本来、財産を見せびらかす人はいない。私もそのつもりであった。しかし人間は晩年になると、いささか違った思いになることもある。終生、私と口をきいてくれた人や、この世でたった一回だけしか出会わなかった人々の面影の片々《へんぺん》を残しておきたいと思う気にもなった。できれば、固有名詞を書かないで済めば、その方が純粋に友情と尊敬が保たれるような気もするが、その点は追って仕事の中で考えて行こう。その人が有名人だったからではなく、私はその人そのものに尽きない尊敬と魅力を感じたから、死ぬ前にその肖像を描き残しておきたいと願ったのだ。

※

その女性の名前を私は知っているのだが、戸籍上の名称は、私にとってはその辺にいる見知らぬ人とあまり違わない。私にとってその人は「寝んねばぁば」という名前以外では心に染みない。

私が初めて「寝んねばぁば」に会ったのは、私の誕生の直後、私におっぱいを飲ませてくれるために新潟の雪深い土地から出て来てくれた時である。

私が彼女の豊かなおっぱいにしゃぶりついていた時、彼女には田舎《いなか》に残して来た私とあまり生まれ月の違わない子供がいただろうに、その子のことを申しわけなく思ったのは、実に何十年も後、私が小説を書きながら子供を育てている時、この「寝んねばぁば」が再び私の息子をわずかな期間、見ていてくれるようになったからである。彼女は私がおっぱいをもらわなくなると、私の家を去って、日本各地に出稼ぎのようにして働いていたようであった。

「寝んねばぁば」という名前は、私の息子の立場から見てつけられたものである。私の家では私の実母もいたから、彼女が普通の「おばあちゃん」。一方、時々お昼寝の時に添い寝をしてくれるおばあちゃんとして彼女は「寝んねばぁば」と呼ばれることになった。

息子は「寝んねばぁば」が大好きで、時々二人は昔風の台所の床にござを敷き、小さな古めかしいちゃぶ台に向かってご飯を食べていた。私や母が、そういう食事の形を強《し》いたのではない。「寝んねばぁば」は、食べたい時に、子供がおこぼしを気兼ねすることなく食べられるのがいいという主義で、見ていると、自分も忙しくご飯を口に運びながら同じ箸《はし》でエプロンをかけた息子の口に、たくあんだの梅干しだのをせっせと入れてくれていた。私もたくましく育ったと思うが、息子は「寝んねばぁば」のおかげで、日本人になった。

この「ばぁばちゃん」（私たちはやがて彼女を「ばぁばちゃん」と呼ぶようになった）の一つの性格的特徴は、面白いことに、同じ職場で長く勤めることができないことだった。喧嘩《けんか》をするわけでもない。お金欲しさに職を転々とするタイプでもなかった。しかし飽きるのかもしれない。

気まずいことがあって辞めたわけでもない証拠に、彼女は数年もすると突然やって来て、またうちで働くというのである。そうしたことが、我が家では結局三度起きたのである。

その間、私の母などは「ばぁばちゃん」のことを忘れたのではなかったが、手紙を出しても梨のつぶて。居所も分からない。しかし数年経つと、突然何の前触れもなく我が家に現れて、私たちは大喜びをしたのである。

三度目で最後になったのは、恐らく「ばぁばちゃん」が七十歳になるかならないかのころで、当時はその年で勤め口を見つけるのはもはや難しかったろう。私は五十代を目前に、視力障害が厳しくなりかけていたころだった。

私は三浦半島にある別荘を「ばぁばちゃん」に見せに行った。この家は、私が三十歳のころに、執着して作ったもので、夫と私の稼ぎで買った家だった。私はどこでもいいから、同居している親と、ほんの数日でも離れて住める空間を欲しがったのである。

私は別荘に着くと庭の真ん中で、「ここなのよ、ばぁばちゃん」と言った。私は当然彼女が「空気がよくていいところだねえ」くらいのお世辞は言ってくれるだろう、と思い込んでいた。しかし庭の真ん中に仁王立ちになった「ばぁばちゃん」は、少しもいい顔をしていなかった。

「勿体《もったい》ないねえ。こんなにいい土の上に芝生なんか植えちゃって。畑にすれば、野菜がいっぱい採れるのにねえ」

「ばぁばちゃん」は文句を言った。芝生を植えたのは、私にとっては節約の精神からだった。うっかり植え木を植えれば、刈り込みに手のかかるものもある。土のままにしておけば土埃《つちぼこり》が立つし、照り返しの強いコンクリートにもできない。

「私はここに住んでもいいかね」

と突然「ばぁばちゃん」は言った。

「もちろんいいわよ。だけど、こんな田舎に一人で大丈夫?」

と私は心配した。当時、七十歳前後の人は、私から見るとかなりの高齢者だった。しかし「ばぁばちゃん」はひるまなかった。最初から彼女の計画の中には、庭の芝生を一部でも剝《は》いで、そこで家庭菜園を作るつもりがあったと思われる。

私たちが行かない限り自動車もなしに暮らすということは、「豆腐屋に四里」という感じの土地で、毎日のおかずもどうして手に入れるのだろう、と私は心配だったが、「ばぁばちゃん」は少しも気にしていなかった。すぐに菜っ葉の種を蒔《ま》いて、自分が食べるくらいの野菜は作る。嫁に行った娘がおいしい味噌を送ってくれるし、週に一回、往復四キロで行ける村の漁協の売店に行って、お豆腐と油揚げと干物を買ってくるから、心配はいらない、という。

思えばその時、私は人間が生きて行くということのごく普通の限界を教えられたのだ。フランス産の何とかいうチーズがなければいけない、とか、コーヒーのローストの度合いはどうでなければならない、とか言わなければ、人間はどこででも暮らせる。

種蒔きと同時に、「ばぁばちゃん」はチャボの番《つがい》も飼い始めた。すぐ誰とでも知り合いになる性格だったから、近所の人に頼んで小さな鶏小屋を作ってもらい、毎日畑から抜いた青菜を一株ずつ鶏小屋に放り込んで食べさせた。市販の餌《えさ》も少し買ったが、朝夕三十分くらいずつは、鶏を庭に放して地虫をついばませた。その間、「ばぁばちゃん」は、空を我が物顔に飛び交うトンビを、箒《ほうき》で落ち葉を掃きながら監視していた。

「本当は小屋もいらないんだけどね。鶏はその辺を歩いて、夜は木の上で眠るから。でもここには獰猛《どうもう》な鳥がいるから仕方ないね」

「放し飼いにすると、産んだ卵を集める仕事が増えるじゃない」

私は少しずつ、人間の生活の原始的な方法を覚え始めていた。後年、餌を買う金など全くないから、一日中藪《やぶ》の中に放し飼いにして勝手に虫と野草をついばませる方法で鶏を飼っている貧しいアフリカの或る地方に行った時、私はすぐに状況を理解した。親たちは子供たちに集卵の手伝いを命じていたが、子供たちには「卵を食べると毒だ」と教え込んでいた。そうでないと、慢性的に食料不足でお腹を空かせている子供たちが、集めた卵を親に隠れて食べてしまって、売り物にならないからであった。

「ばぁばちゃん」はチャボのおとっつぁん鶏の声が大変いいということまで自慢だった。漁師をしている人が、「ばぁちゃんちの鶏の声は沖でもよく聞こえるよ」と褒めたようなことを言ったからだった。この鶏の声のことで、都会育ちの私は、当時続けていた新約聖書の一つの解釈がさらに深くなった。

新約では「ルカによる福音書」で次のような場面が出てくる。

「人々はイエスを捕らえ、引いていき、大祭司の家に連れて入った。ペトロは遠く離れて従った。人々が屋敷の中庭の中央に火をたいて、一緒に座っていたので、ペトロも中に混じって腰を下ろした。

するとある女中が、ペトロがたき火に照らされて座っているのを目にして、じっと見つめ、『この人も一緒にいました』と言った。しかしペトロはそれを打ち消して、『私はあの人を知らない』と言った。

少したってから、ほかの人がペトロを見て『お前もあの連中の仲間だ』と言うと、ペトロは『いや、そうではない』と言った。一時間ほどたつと、また別の人が『確かにこの人も一緒だった。ガリラヤの者だから』と言い張った。だがペトロは『あなたの言うことは分からない』と言った。

まだこう言い終わらないうちに、突然鶏が鳴いた。主は振り向いてペトロを見つめられた。ペトロは『今日、鶏が鳴く前に、あなたは三度私を知らないと言うだろう』と言われた主の言葉を思い出した。そして外に出て、激しく泣いた」（ルカによる福音書22・54～62）

これより以前、ペトロをはじめとする弟子たちは、主との最後の晩餐《ばんさん》に出て、そこできわめて無邪気に、自分はどのような目に遭っても、最後までイエスに従って行くという決意を口々に誓った。しかし主は彼らの言葉を信じず、鶏の鳴くまでに、三度私を知らないと言うだろう、と予告していたのである。

この有名な場面はまさにキリスト教の本質を衝《つ》いている。キリスト教は思い上がりを許さない。人間の弱さの本質を骨の髄まで人の心に叩《たた》きこむ。その弱さを通して、人間は神の高みに近づく、という発想である。

都会育ちの私は、それまで鶏というものは夜明けに「コケコッコー」と鳴くものだと思い込んでいた。つまり夜が白み、「翌日」の気配が見える時刻である。しかし何でも実際にやってみるものだ。私は動物好きだったから、「ばぁばちゃん」が飼い出した鶏舎を自分の寝室の窓の下に移したのである。

その夜のことであった。私は突然、頭のあたりで響いたすさまじい声で叩き起こされた。

窓のすぐ下から聞こえた声は「コケコッコー」であった。時計を見ると、夜半を少し過ぎたばかりである。「ばぁばちゃん」ご自慢の声のいいおとっつぁん鶏の声で、私は叩き起こされたのである。

首を絞めて食べてしまうぞ、と私が思わなかったのは、その時、聖書の個所を思い出したからである。私は、弟子たちの裏切りが決定的になるその時刻は、明朝近くだろう。ペトロの体裁《ていさい》のいい嘘がばれるにしても、それはつまり翌朝のことなのだと信じていたのである。

しかし実際に鶏を飼ってみれば、弟子たちのお調子のいい誠実の誓いは、宵のうちのほんの数時間、ばれないでいられるだけのことだということがよく分かった。「寝んねばぁば」が持ち込んだ新しい世界を通して、私は聖書の描く世界のすさまじさを改めて知ったのである。

# 第2章　「大地との接触」承前

私は大地に種を蒔《ま》いた経験もなかった。よく子供達の中には種蒔き少年や、少女がいるもので、自分が食べたすいかや、中には梅干しの種まで蒔いた子供もいるが、私はその手の性格でもなかった。

後年、畑に畝《うね》を作るという事を教えられても、畝の高い部分に種を蒔くのか、畝とのへこみに、種を蒔くのかが分からない人の方が多くて、畑作業に慣れた人の失笑を買うのだが、都会の子供達の中には「土がかけやすいように、低いところに蒔くんでしょう」という子も結構いるのである。

種を高いところに蒔くのは、多分、水に浸からないためだ。ところが素人《しろうと》に限って植物に絶対必要なのは、まず水だと信じ込むのである。ところが場合によっては、水は植物の大敵だ。海水の水辺に生えるマングローブでさえ、多分水没しっぱなしになれば腐るのではないかと思う。

植物に水が多すぎると根腐れを起こす。素人の眼にはまるで下痢をして体力が落ちた人のように見える。植物を育てて適切な量しか水をやらないという自制心を身につけるには、かなりの年数がかかる。

もちろん水は必要なものだ。人間が脱水症で死ぬように、水がなければ植物は枯れる。しかし枯れてしまうまでにはかなりの時間持ち堪《こた》える植物もある。

夫の姉は老人ホームのベランダや室内に、置ける範囲で植物を育てていた。臨終《りんじゅう》の前、二週間ほど彼女は同じ施設の中の病室に移り、看護師が寝間着《ねまき》の替えなどは出し入れしてくれていたようだが、その間は誰ひとりとしてベランダの植物などに注意を払わなかった。

姉の死後、約一週間ほどたって、私は彼女の部屋に入った。そしてほとんど干からびたポトスが隅っこに放置されているのを見た。姉の遺品の多くはお金を払って業者に引き取ってもらう処置をしてあったが、ポトスはその中にも入らないもので、引き抜いて捨ててしまえばよいだけのもののように思えた。

しかし、私は見捨てるに忍びなく、自分の車で連れて帰ることにした。家に着くと、一刻も待てない思いで、私は玄関前の洗車用のホースから水を与えた。土は干からびて、水をはじきそうなほどだったが、それでも日陰に放置しておいたら、この生命力の強い植物は蘇生《そせい》した。

ポトスという植物は、葉がしおれることで水がないことを知らせるまで放っておいていい。それから慌てて水をやるくらいでもいいのである。

悪い意味の表現で「人の顔色を読む」という言葉があるが、私は人の顔色は読めないくせに、植物の表情だけはよく分かると思う時があった。

一般に植物は水と太陽と肥料が要るという。この原則は間違いではなかったが、水はたっぷりやればいいというものではなかった。

肥料もやりすぎると、結局は枯れるか、そうでないものでも植物が弱く育つという人もいる。これは食べ過ぎによる胃腸障害だ。肥料は全くやらない方がいい、という栽培法を取る人さえいて、それは人間が始終飽食《ほうしょく》をするのは健康によくないから、時々は消化器を休めるために断食《だんじき》をするといい、という学説に似ている。或いは甘やかされた過保護の子供は、成人しても味のある大人にならないということなのかも知れない。

日照にしても同様だった。畑を知らないうちは、私は太陽の燦々《さんさん》と当たる土地ならどこでも植物は見事に育つものと信じ切っていた。南方の密林など、その典型であった。水と太陽のおかげで、人間が歩きにくいほど植物が繁茂《はんも》しているように見えたのだ。しかし、考えてみると、熱帯のジャングルといえども植物は適当な日陰の元に育っているのである。

栽培される野菜や、造園に用いられる植物は意外と直射日光を嫌うものが多かった。彼らは日陰ないしは半日陰を好むものが多いのである。

アフリカの砂漠の縁辺にあるオアシスに時々行くようになってから、私は砂漠で蔬《そ》菜《さい》を作るには、水だけでなく日陰が非常に大切なものであることを知った。オアシスの住人達は、丈の高いヤシ類の下にザクロやオリーブやイチジクなどの背の低い果樹を植え、さらにその下に初めて蔬菜を栽培していた。動物も植物も、あまりにも激しい日照は好まないのである。

旅人は乾き切った砂漠に生える唯一の木として知られているアカシアの下にわずかな日陰を求めて座りたがり、トカゲなどの爬虫類《はちゅうるい》も岩陰に逃げ込むように、一番か弱い蔬菜は、砂漠ではわずかで貴重な木陰の下で育ててやる。その姿は、家族のようだと私は思った。一番強い父や、兄弟の中で年長の兄たちが、すっくと立って日を防ぎ、自分たちの母や一番幼い弟妹を守るように生きている。

私に畑仕事を教えてくれた「寝んねばぁば」だけでなく、私の身近の農業経験者は、誰もが私に細かい作業方法を教えてくれた。特に私が興味を持ったのは、窒素、カリウム、リンを混ぜた肥料の基本以外に、マンガン、亜鉛、鉄などの微量元素といわれるものが不足すると、植物は健康に育たないということだった。

人間の生活にもこの手のものがある。人によって、一見、直接仕事に必要ないような音楽やおしゃれや賭《か》け事などが、その人の息抜きや新鮮な発想の原動力になっているように、心理のバランスというものは、些細《ささい》なもので支えられていながら、非常に大切なものなのである。

与える肥料によって色が変わる花もあった。アジサイの花の色は様々な要素によって決められるというのだが、その根本的なものは、土壌が酸性かアルカリ性かによるのである。荒っぽく言うと中性からアルカリ性土壌に植えれば、アジサイの花はピンクになり、酸性土壌に育てば見事な青色になる。

この事実を知っただけでも私は少し衝撃を覚えた。知能や才能、そのほか人柄とか性格とか言われているものは、遺伝的に不可変のものだと思っていたが、やはり周囲の影響というか教育で変わるものなのか。

「寝んねばぁば」は、畑仕事の基本を私に訓練する時に「野菜を作る時には、必ず初めに石灰を撒《ま》くんだよ」と教えてくれた。それは日本の国土の大方の土が酸性土壌で、そのままでは野菜は育たないのだ、という素朴な理由からだった。「よし、石灰を撒けばいいんだ。簡単なもんだ」と私はすっかりこつを覚えた気になった。

「寝んねばぁば」は時々この石灰を撒くことを「畑を消毒して」というような言い方さえしたから、私は長年栽培を続けると、そこに「毒」が溜まり、それを消毒してから、新しい種を蒔いたり、苗を植えたりするんだ、というふうに理解した。

石灰はいわば、毒消し万能薬のように思えた。当時私は野菜だけでなく、果実や花も植え始めていたが、ツツジを植えて、できたら大刈り込みを作ることもその目標の一つだった。私は花咲爺《はなさかじい》さんのような気分になり、どこにでもまず石灰を撒いた。

ツツジの苗を植える時にも、石灰をたっぷりと撒いた。

ツツジに口がきけたら、その時彼らは私に何と言ったろうと思う。ツツジは典型的な酸性土壌を好む植物だった。つまり日本中、ほとんどどこにでも、自然に生える植物だったのだ。それなのに無理矢理に強アルカリ性にさせられた土に植えられたのだから、ツツジの苗は長い年月ひねくれて少しも育たなかった。しかし苦境に耐えて、どうにかかけられた白い粉（石灰）の影響がなくなるまで、生き抜きはした。

後年、といっても、まだ東日本大震災の前だが、私は東京電力の川崎火力発電所に行く機会があった。終戦後まもなくこの発電所が作られた時、大学を出たてだった若い「土木屋」として建設に携《たずさ》わった人が、すでに私が会った時は長野県下の大きなダムの現場所長になっていて、その人が若き日の思い出の場所として連れて行ってくれたのである。

その時、川崎の火力発電所は、機械が全く動いていない沈黙の施設だった。「なぜ動かない発電所を置いておくのですか」という私の質問に、案内をしてくれた東電の職員は、「ここは首都圏に一番近い発電所なので、何かが起きた時に、最も早く対応できるように、いつも備えています」と答えた。そして事実二〇一一年に、その通りのことが起きたのだ。こうした対応ができたということだけでも、私は関係者の姿勢に深い尊敬を払った。他の国だったら、決してこうは行くまいと感じていた。

見学した時、休業中の発電所にいた職員は、もちろん機械を磨いて、いつでも稼働できるように整備し続けてはいたのだが、ほかにも彼らはおもしろい「副業」をしていた。ツツジの苗を育てていたのである。

多くの植物は、三月から六月くらいまでの間に、株を分けるか、差し芽と言って、若い元気な枝を土に差せば、ちゃんと芽が出て、やがて一人前の株になる。ツツジは強健で、差し芽が簡単にできる典型的な植物だった。

東電の敷地内には、手の空いた職員が増やした若いツツジの苗がずらりと並んでいた。

「このツツジの苗をお売りになったらいいですね」

と私は言った。すると真面目な技術者は答えた。

「電力会社は、電力以外のものを売ってはいけないことになっております」

東日本大震災後に、二度目にこの発電所に行ってみると、既に燃料は石炭からＬＮＧ（液化天然ガス）に切り替わっていた。ＬＮＧは中東のカタールから運ばれて来ていて、単価もひどく高くなったらしいが、私はこのような事態になる以前に、カタールまでＬＮＧの輸送船に乗って行っていたので、乗組員の苦労の結実を確認できたことも嬉しかった。その記憶の背景には、多分誰にも覚えられていないだろうと思われる発電所のツツジ畑も、私の脳裏に残っていた。

しかしガーデニングの本も、個人的な先生たちも教えてくれないことはあった。それは畑の風通しということであった。風通しが悪いと、たちまち病気と虫が発生することに私は驚いた。私はそれを、思想、言論、マスコミ、学問、表現、旅行、移住などの自由を弾圧する社会主義国家とそっくりだと思った。

それらの国々には失業もない。人民は国家政府に忠誠である限り、生きていられる。しかし息がつまる。そしていつの間にか、この風通しの悪さによって人々の気力は失せ、魂の病気も発生する。

風通しを良くするためには、畝や株の間を十分に取らねばならない。実をならすために受粉は必要なのだから、一応植物の群生は大切なのだが、株同士は、葉が触れ合うのを嫌うようであった。間を透かせて、風通しをよくする、ということを、一本一本の株が要求しているような気がしてならなかった。

私はその延長で、家の外壁が植え込みと触れ合うのもいけないと思うようになった。そんなことを放置しておくと、家も植物も、どちらも窒息状態になり、外壁は腐り、植物の方もまともに育たないのではないか。どちらも自己主張は許さねばならないが、お互いに深く干渉し合うことも避けねばならない。それは人間関係ともそっくりだった。

私自身は六十代の半ば近くまで、自分で下手な鍬《くわ》を使って、菜っ葉やタマネギなどを作っていた。しかしそれを妨げる変化が二つ起きた。一つは、六十四歳で日本財団に就職したことだった。財団の仕事と小説と二足の草鞋《わらじ》を履いた私は、三足目の草鞋を履く余裕はなかった。

さらにその上に、六十四歳と七十四歳の時に、左右交互に二本の足のくるぶしを骨折した。歳を考えると私はもう車椅子《くるまいす》の生活になるだろうと夫も考えたようだったが、私はアフリカへも行くほどに回復した。しかし足の関節の曲がりは悪くなって、しゃがんで畑仕事をするというもっとも人間的な姿勢を取るのが難しくなった。

私は定年退職した人に畑を任せて、ただ収穫をかすめる立場と、貴重な作物を何一つ無駄にせず料理をする側に廻った。しかし時々、畑に出て行って、菜っ葉の間引きをすることはあった。これこそ、実は私にもっとも大きな真理を教えた「寝んねばぁば」の遺言かもしれなかった。

菜っ葉は、まだ若いころに何度か間引きをしなければならない。種はあまり薄く蒔くと出ないことがあるから、或る程度は多く蒔くのだが、双葉から本葉が出た頃から密植を避けるために、何回かに渡って間引くのである。ところが畑を知らない人ほど、この間引きをしない。抜いてしまうのはかわいそうだなどというのである。だから、成長すべきものも、全体がいじけて伸びなくなる。

間引きというのは、考えてみるとすさまじい作業だ。「弱者の側に立って行動する」ことではなく、弱くて伸びそうにない命から引き抜くことなのである。しかしこの操作を経ずに、私たちの口に入る野菜はない。

昔は、淘汰《とうた》という概念が普通に許された。強いものが生き残り、それによって、優秀な種が保存されるためであった。いわば、私たちは、弱い者が自らの命を犠牲にして保存した強者の系統の上に成り立った世界で生きているのであった。

昔は英語のセレクションという単語には「選抜」と「淘汰」の二つの意味があること

を当然のこととして教えられた。しかし今では、「淘汰」という意味の方は教えないのだという。世間は、現実から遠ざかっても、人聞きのいい訳《やく》だけを取ったのだ。

自らの命を捨てて、他者を生かすことを、植物の世界は認めている。しかし人間の場合は大方の人は許さない。誰のためといえども、犠牲になって死ぬのはいけないと教える。

しかし私が幼いころから触れたキリスト教ではそうではなかった。もちろん親も学校も職場も、「あなたは人のために、時と場合によっては命を捨てなさい」とは教えない。しかし結果としてそのような生涯を貫いた人の人生は、見事なものだったのだ、と承認することをキリスト教は教えてくれた。

私は生命を大切にすることと、しかしその生命を保つための淘汰が必要なことを、自然に「寝んねばぁば」から習った。「もったないからねえ」(勿体《もったい》ないからねえ)と彼女はいつも言い、作物を枯らさず捨てずにすべて食べきることを私に訓練した。しかし同時に「間引きをしなけりゃ、何もできないよ」とも繰り返した。私たちが口にするすべての野菜は、必ずこの淘汰の結果だからであった。

現在の農村では、農家の手を省くために、いちいち種を蒔かなくてもいいように、一定の間隔をおいて二粒ずつの種が、土に溶けるテープについている。それを畑の土の上にピンと張ればいいのだ。すると人力では到底蒔けないほど見事な一直線で発芽する。しかしそこから二本の芽は出るから、そのうちの一本は必ず抜かなくてはならないのだ。

私に人生でほんとうに重大な使命を教えてくれた人は、しかしごく普通のおばあちゃんの姿をしていたのである。

# 第3章　血まみれの手

二〇一三年十二月十二日の読売新聞は、中央アフリカ共和国の武装勢力の争いが激化していることを報じた。クーデターで政権を握ったイスラム教徒と多数派のキリスト教徒との間の、宗教対立が激化したのだという。多くの住民が虐殺に遭い、五十万人近くが避難民となった。

首都バンギの、有刺鉄線《ゆうしてっせん》の置かれた飛行場の向こうに、多数の避難民（それも子供と男ばかり）が蠢《うごめ》いている姿は、軍事介入したフランス軍のヘリを待っている光景だという。

中央アフリカ共和国は、アフリカ大陸のど真ん中、本当にお臍《へそ》の辺りにあると言ってもいい。私がその国に行ったのは、二〇〇二年のことだが、日本人ですぐにその国の名前を認識した人はほとんどいなかった。中央アフリカというのは特定の国名ではなく、地域の通称だと思っている人がほとんどだったのである。

そこに至る前に、私たちは隣国のカメルーンに入り、首都から六百キロ東のミンドルウというピグミーの村に入って調査をした。そんな山奥にまで、日本人の修道女が何年も住みついていて、原始林の奥で定住さえしていないピグミーの子供たちの教育をしていたのである。そこからはわずか百キロ余り北東に向かって峠一つ越えれば、中央アフリカ共和国だった。

しかし私たちが借り上げた四駆でも越えられる道が、果たして国境を越えて続いているかどうかも分からず、仮に悪路があったとしても、恐らく、その辺こそ武装集団の跳梁《ちょうりょう》する地区で誰も行くことを勧めなかったであろう。カメルーンの六百キロの旅でさえ、私たちは日本大使館から言われて、カラシニコフ（自動小銃）を持った五人の保安警察軍を正式に護衛として雇わねばならなかったのである。

中央アフリカにも、日本人たちは働いていた。徳永瑞子さんというナースは、首都バンギでエイズ患者のために目覚ましい働きをしていた。ほかに日本の大手ゼネコンの技術者たちが、首都から西のカメルーン国境に向かって走る道路の建設に当たっていた。

「この道がもう少し西に伸びていれば、カメルーンから陸路で来られたのにねえ」

と私たちは言い合ったが、それはもちろん危険を孕《はら》んだルートで、私たち自身が武装せずにそこを通れたかどうかは疑問であった。

大手ゼネコンの現地事務所は既にバンギから、かなり国境に近い「前線」の村に設営されていたが、彼らの住まいは周囲の村からは隔絶した居住区だった。つまり、中央に事務棟と花壇に囲まれた壁のないアフリカ風のあずまや《ガゼボ》なども設けられており、周辺にコンテナを並べた職員宿舎があった。

仕事が終わっても、街へ出かけるという楽しみもない人々は自室のコンテナから談話室に集まって、せめてビールを飲みながら一日の疲れを癒すという計画だと思われたが、そうでもしなければ、少なくとも数カ月は続く勤務期間に、人々は気の紛らしようもないことになる。

しかし現場の人々は、決して特権階級として中央アフリカの人々の上に君臨しているのではなかった。日本人の所長は、ただそこで道路を作る仕事をしているのではなく、何とかして日本人の土木の技術や、それを支える日本的仕事師の精神を彼らに移し植えようとしているように見えた。

現場では、朝まだ六時台に現地人の労務者やオペレーターたちを広場に集めて、ラジオ体操をする。重機や一般の車両を駐車する時には、車の鼻面を正確に一直線に並べるように命じられていたが、そのような緊張感は現場では事故を防ぐために必要なものだと言われていた。

私自身はだらしのない性格で、何もそんなに正確に道具を並べなくたって、翌日の朝にはほとんどすべての車両が出て行ってしまうんだからどうでもいいじゃないか、と思うたちだったが、そうした気の緩みは決してそれだけでは済まず、必ずどこかでいつか人身事故につながるということを、所長たちは職員の心に焼きつけようとしていたのである。

当時からこの中央アフリカのような政情の安定しない国で、土木の工事を続けるということは、それなりの危険を覚悟しなければならなかった。

中央アフリカ共和国は一九六〇年にフランスから独立した。しかし、その後常に政変が起き、「幻影国家」と呼ばれるほど基盤の弱い政権が続いたという。現場所長によると、今までに何回も情勢が危なくなってこの国から一時退去を余儀なくされた。何年に起きた内乱の時か聞き忘れたのだが、彼は避難の際に思い切って会社の金を、三千万円近く中央アフリカ人の職長に残してきた。

「『そんなことをしたら、すぐ持ち逃げされるだけですよ』と言われましたけどね。いきなり私たち全員が金も持って引き揚げたら、ここの連中は翌月から食べられなくなりますから、私は決心して金を預けたんです。その代わり、現地人の労務者にきちんと今まで通り月給を払って、機械や車両の手入れもしとけ、と責任者に言って出たんです」

そして数カ月の後に日本人の職員が現場に復帰してみると、そこには小さなアフリカの奇跡と言うべきものが起きていた。金は正確に管理され、支払われ、重機はその日にでも動くように、完全に磨かれていた。

アフリカの各地で働く日本人がしばしば、金儲《かねもう》けだけでなく、教育的役割を果たそうとしている例を私は何度か見て来た。それほどアフリカの国家としての弱さは、モラルの腐敗の結果にあった。さらに、その背後には教育が普及していないことに全ての不都合の根源があるように見えたが、この中央アフリカでも、私たちは最後に出国する時に、そんな現実を見せつけられたのである。

首都バンギの空港が特にひどい建物だと、私は感じていなかった。アフリカの空港の中には（現在の状況は知らないが）私たちが通過した時、廃屋かと思われるような建物もけっこうあったのである。

階段の角は欠けたまま。天井のボードは落ちて天井裏は丸見え。そこから照明の蛍光灯が縦に首吊《くびつ》り死体のようにぶら下がったままになっている空港も珍しくない。マラリアの汚染国はたくさんあって、私たちはすぐ携帯用の蚊取り線香に火をつけられるように、ライターまで添えて手に持っていたのだが、その蚊取り線香に火をつける間もなく、空港の建物の中で刺された時もある。考えてみると、飛行機から降りるにもブリッジなどないのだし、空港の建物の窓ガラスは破れていても平気なのだから、蚊は空港ビルの中にも平気で巣食っていたのだ。

バンギの空港は停電していた。これも珍しいことではなかった。アフリカ中が、もともと電気がないか始終停電している土地である。停電がその日にだけ起きた突発的事故ではなかったらしい証拠に、空港の中の空気には穏やかな日常性が漂っていた。

中央アフリカ共和国の公用語がフランス語だったせいもあるだろう。私は現地の係官の質問に答えられないという対応の方法を自然に身につけていた。言葉が分からないということは時には便利なものであった。分からなければ、心も体も休まるのである。

どこの空港でも、係官は事務の途中で何の用事もないのに仕事を中断して何度も辺りを見回したり、ボールペンのお尻で机を叩いたりする。彼がほんの一言フランス語で言った時、私は丁寧に英語で「すみません、私はフランス語を話しません」と言った。しかしこのバンギの空港では、それでこの小さな地獄の難関を突破できたことにはならなかった。

何しろ空港全体が停電しているのだから、荷物検査はすべて手動になっている。ベルトコンベヤーが動かないのだから、私たちは自分で言われるままに、重いカバンを台の上に持ち上げねばならない。

そもそも入国の際は荷物を調べられても仕方ないが、出国の時には何もしないのが普通である。しかしここでは、国を出る時にもなぜか厳重な検査が行われていた。皮肉を言えば、私たちはこの国で何一つお土産も買わなかった。買うものはなかったのである。

第一、私たちはこれからフランスに帰るところだった。フランスでは何でも売っているだろう。この私の感覚は実は客観的には正しくないとも言える。この中央アフリカ共和国は、日本と違って鉱物資源に恵まれていた。金《きん》もダイヤモンドもウラニウムもあるのだという。但し開発は全く進んでいない国家だった。

扇風機一つない赤道直下の建物の中の人いきれと喧騒《けんそう》で、私たちは汗だくになり、冷静な思慮を失いかけていた。もちろんカートのサービスもない。何もない空間には傷だらけの机が幾つか並んでいて、それぞれがチェックインする荷物の検査です、と誰かが日本語で教えてくれた。私たちがフランスから同行したフランス人の通訳だったかもしれない。

私は自分の荷物をその台の上に引っ張り上げた。出国の際にも荷物の検査があるなどとは思ってもいなかったので、盗難防止用のダイヤル・ナンバーを解除するのに眼鏡をかけて、こめかみに流れる汗をぬぐった。

私の荷物の中で一際《ひときわ》目立つのは、筆記用具を入れたプラスチックケースだった。私は外国旅行にパソコンを持ち歩かない。悪路と埃《ほこり》は、日本製の精密な電子機器には最も合わない環境だったし、今まで一旦壊れたら役に立たない機械を携行する羽目になって腹が立った経験もある。

何よりアフリカ路線では、チェックインしたカバンそのものが消えうせたり、途中で鍵を壊されたり、布製のバッグを刃物で裂かれたりすることもあって、その時真っ先に狙われる品物は、壊れていてもいなくてもコンピュータかカメラに決まっていたのである。いつの間にか私は、旅行中に書く原稿は手書きという習慣になっていた。

税関の役人はポーズで私の商売道具のボールペンを寄越すように言った。しかし恐らく私の拒否の仕方が怖ろしかったのだろう。彼は手を引っ込めた。私にすればノートと筆記用具だけは許せない。実は予備のために、機内持ち込み用の手荷物にもハンドバッグにもボールペンを分散させて持ってはいるが、それは私の「商売道具」だった。

いずれにせよ、怒っている年寄りの女は怖ろしかったのだろう。私は無事にものを取られず、鍵を掛けて荷物を地面に下ろした。すると再びガイドが日本語で「まだ手荷物検査があります。次のは警察です」という声が聞こえた。

前の税関の机から十メートルと離れていないもう一つの机の上に、私はまたもやカバンを載せ、鍵の暗証ナンバーを合わせる。汗がこめかみや首筋に流れた。

今度の検査官は、前の机の係官より物腰が柔らかかった。フランス語で何かを言っているが、私には内容が分からない。フランス人の通訳が素早く寄って来て、相手の言うことを私に伝えた。

「相談したいことがあるのですが」

通訳は自分の言葉を入れなかった。

「どんなご用でしょう」

「実は私の娘が慢性腎臓炎で医者にかかっています。これから先ずっと治療を受けねばなりません。経済的支援をしてもらえませんか」

私は一瞬、返事の言葉を失った。それがどんなに重大なことかを私は知っていた。この国に国民健康保険があって、透析の費用がただになるなどということは考えられない。透析ができなければ、彼の娘は、一週間で死ぬ可能性もある。この眼前の公務員は、切羽詰まって彼の机の前を通るあらゆる旅行者に、同じことを頼んでいるのだろうか。

それとも娘が慢性腎臓炎だという話は実は全くの嘘で、旅行者の中から一人でもこの話に引っ掛かって、治療費の全額でなくても、月々五十ドルか百ドルずつでも送ってくれれば、彼はこの土地でちょっとした高給取りになれるはずだ。

私は言葉に出さず、ただ首を横に振ってカバンを閉じた。

実はそのような検査のためのテーブルはもう一つあったのだが、その所管は何という役所であったか私は記憶していない。そこでも再びカバンを開けさせられながら、私は同行者に「余っているお土産用のサッカーボールを子供のために一個ほしいと言っているのですが、やっていいでしょうか」と聞かれたのである。「どうぞ、どうぞ」と私は疲れ果てて答える他はなかった。手荷物検査に関わる全員が、体《てい》のいいたかりであった。

それでもその時、私は心の中で、サッカーボールの話に筋を通そうとしていたのだから愚かしい。この公務員はすぐさま新品のボールを売り飛ばすかもしれない。しかしいずれにせよボールはボールだ。最終的にはどこかで球技に使われる。もしかすると彼は本当にただ子煩悩《こぼんのう》な父で、新しいサッカーボールを子供にやりたかったのかも知れないが、その場合でも、サッカーで遊ぶのは一人ではない。正式にやれば二十二人の子供か若者たちが、このボール一個で楽しい思いをするのだからまあいい、と私は考えたのである。

もうくたくただった。その時、私の目に一人の強烈な人物像が今でもはっきりと残っている。それは、多分体重八十キロはありそうな太った制服の女性係官の姿だった。どこの部署に所属しているのかは分からない。ただ一人のダイヤの指輪をはめた太った黒人の男性客が、彼女に寄り添い、彼女のはち切れんばかりの制服の胸ボタンの間に、これ見よがしに数枚の札を押し込んでやっている光景が見えたのである。

制服の女性は同僚の視線の中で、このようなことが行われていることに少しの当惑も感じていないらしく、むしろキャッキャッと笑い声を立てながら男の手を受け入れていた。

それから私たちは冷房も扇風機もない廊下の椅子で一時間あまりを待ち、やがて暑い地面を歩いて、駐機していたエアフランス機体に向かって歩いた。私たちは難民でもないのに、この無法な国から解放される歓《よろこ》びに溢《あふ》れていた。

機体から二、三十メートル離れたところにまたもや二個の机があった。そしてそこには飛行機会社の制服を着た二人の白人が、最後の手荷物検査をするために待っていた。普通ならこの検査も電気的な機械を通すことによって解決されるものであろう。しかし停電の空港では、すべてをマニュアルで行う他はない。

二人は、客たちの荷物一個一個に素手を突っ込んで、その底を探った。手荷物だから大きくはないし、その表情には笑顔も見えていたし、検査の終わった客には一人一人に礼を言っていたが、少なくとも、二、三百人はいた乗客の手荷物全てを、彼らは一つ一つ手探りで安全を確かめていたのである。

私の番が来て、私の荷物から彼の手が引き出された時、思わず私は相手の手元を見つめ、胸を衝《つ》かれた。その手は無数の引っかき傷のために、激しくはなかったが血まみれだった。十字架の上で磔刑《たっけい》にあったイエスの手にも、必ずこうした血が流れるように描かれている。今日もアフリカの各地では、まだこうした日常的な血が流されているのであろうか。

# 第4章　非ハムレット型

私は昔から取材という名目で、内外の、観光地ではないところに行った。現実に小説に使ったものもあるが、中には計画しつつ、様々な理由で作品にならなかったものもある。

取材で現場に入るということは、多かれ少なかれ邪魔なもので、私は徹頭徹尾《てっとうてつび》そのことを申し訳なく思っていたが、小説にはならなくてもエッセイに書いたものもあり、私はなんとなく許されるように感じていた。

私は四十歳頃から、どんなにお金と時間がかかるものでも、取材費は自分で払うようにした。沖縄の渡嘉敷島《とかしきじま》という土地で起きた島民の集団自決について調べた時も、連載をさせてもらう月刊誌は決まっていたが、編集部とは無関係に全く一人で現地へ行った。

理由は気が小さいせいだろう、と生前の上坂冬子さんと話し合ったことがある。上坂さんも「自費で取材」派であった。取材してみてどうもいい作品になりそうにないと分かった時、「ごめんなさい。あれは書けません」と素直に謝るには、せめて相手に経済的負担をかけないようにしておく他《ほか》はなかった。

私は、世間から「いい人」と思われることも、人道的作家だと思われるテーマを書くことも好きでなかった。私は宗教的テーマに深い関心を持ってはいたが、初期の頃

は信仰に触れることも恐れていた。ストーリーの筋としては、偶然、そういう立場の人物が出てくることもあろう。しかし人道や信仰が表に出たら、私は自分がその当人だと言いたがっているのではないか、と読者に思われたら困る、と不必要なほど誤解を恐れていた。

その影響もいささかある。私は進歩的・人道的作品を書くという評判の作家たちなら、最初から忌避《きひ》して近寄らないだろうと思われる世界に逆に意識的に近づいた。

土木の世界を知るようになったのもその結果だった。土木を学ぶには、どうしても現場への立ち入りを許可してもらわねばならない。料理教室で料理の仕方を学ぶように、私は何から何までその場に行って知識を得る他はない。

それだけで大手ゼネコンと親しくなって何かうまいことをしているのだろう、とか、権力に近づきたがっている、とか言われそうなことは、見え見えだったのだが、その世界のおもしろさには、換えがたかったという他はない。それにあえて人が避けている世界は、むしろ私のために残されているような気さえしたのである。

私が見たがった世界は、しかしどこかで宗教的な世界に通じていた。土木の現場は多くの場合、人里離れた山中だったから、彼らの仕事が人の目に触れることは少なかった。ディスコも喫茶店もレストランも赤ちょうちんもない土地で、土木屋たちは何年も暮らす。会社が儲かるという意識も当然あるだろうが、日本という国がそれによって繁栄するだろう、という思いが土木屋の根底に潜んでいる。

しかし私は理想主義者ではなかったから、土木屋たちが毎回難しい条件を抱えた現場で要求される技術的困難を、どういう工夫でこなして行くかの方に興味を持っていた。私自身は小説を書く上で、思想的な内容にその都度大きな重きを置いていたが、同時に私はそれを表す熟練した表現の職人でもあらねばならなかった。

その乖離《かいり》か分裂かが、私に課せられた目的だったから、私はそれと同じような目的の多重性を土木の現場に感じていたと言える。つまり会社の儲けと、新しい技術の創造と、彼らが心ひそかに感じている国造りへの使命がそれであった。ものごとは決して、単純であっていいということはないから、それこそが私の関心と興味の対象であるのは自然だったのである。

三十代の終わりに書いた『無名碑《むめいひ》』という長編の舞台が、トンネルとダムと高速道路の建設現場だったのは、偶然というより、私がそれらの構造物しか作り方をよく知らなかったからである。土木屋たちは、長年の間にそれぞれに専門の分野を持っていた。「トンネル屋」とか「ダム屋」とかいう呼び名がそれを表していた。

後年、私が知り合ったあるゼネコンの社長は「橋屋」で、私を建設中の本四架橋《ほんしかきょう》に連れて行って、いわゆるキャットウォーク（橋上の狭い通路）の上を歩かせてくれた。この老エンジニアは経営者というより、千本を超す橋の建設に立ち会った技術屋で、その一本一本の特徴も、その時に起こった問題も、すべて覚えていると、私に語った。

その人が言ったことではない。私が勝手に思い込んだことだが、恐らくその人が一本一本の橋にかけた思いは、人生で始終女性問題に忙しかった男性が過去の女性の一人一人にかけた思いと似ているのではないかとさえ思えた。そういう人たちはどんなにたくさんの女性たちと深い仲になっても、多分その一人一人を決してごっちゃにはしていない。それと同じように、橋はその「橋屋」の心の中に生きているのである。

橋ではないが、これも若い時、私は昔の航空幕僚長の源田実《げんだみのる》氏に会ったことがあった。今の私は「人見知り」して、ほとんど誰にも、自分の方からは会いに行かない。

勿体《もったい》ぶっているのではなく、私などに会って頂くのは、先方もご迷惑だろうと考えて、よほどのことがない限り、避けるようにしているのである。しかし若い時代には、そういう恐れも持たない蛮勇《ばんゆう》があったのだろう。

その時の源田氏の話の内容を、私はほとんど覚えていないのだが、一つだけ明瞭《めいりょう》に心に残った部分がある。それはジェット戦闘機乗りに必要な才能というものについてであった。

たとえば、銀座四丁目の角に立つと、目の前の交差点を渡る人の波が見える。この波に呑《の》まれることは、若い人にとっては、いかにも銀座に来た、という高揚を覚える瞬間かもしれないが私など最も苦手とする空間だ。運動神経がないから、うまく人を避け切れない。俊敏《しゅんびん》な若者は、行動の遅い老人にうろうろされると迷惑でもあるだろう。

源田氏はそういう場所に立って人の波を見ていると、数百人に一人、「ああ、あの青年をジェット機のパイロットに欲しい」と思う身のこなしを見せる若者がいる、と私に話された。数百人に一人もそんな才能があるのかと私は思ったが、それは老人や女性を除いて、青年たちだけ数百人のうちの一人かもしれない。才能というものは目のある人から見ると、そのようにして発見されるものなのだろう。

そんなことがあったからではないが、その後まもなく、私は名古屋で偶然、自衛隊が使うジェット戦闘機のテスト・パイロットをしている人に会った。当時の防衛庁に製品を納める前に、組み立て終わった戦闘機を、まず現場で試乗をしてから納品するのだという。

私は実際に飛行機に乗せてもらったのではない。実はひどい近眼だった私は、その方の顔立ちも覚えていない。ただ話のポイントだけは数十年経ってもこうして覚えているのは、いまでも私の心の中に大きな影響を残しているからだ。

もしジェット戦闘機を操縦するのに必要な才能があるとすれば、それは思考する前に体が動くということだ、とその人は言った。考えてみると、それまで私が短い人生で会って来たほとんどすべての人は、二つの分野に分かれていた。私が会う機会のあった人は、多かれ少なかれ考え迷い、そのうえで決断するタイプの人だった。その考え迷う時間は、人と性格によって違いはあるが、その時間が長ければ長いほど、私は思索的な人だと考えていた節がある。

私自身はと言えば、深く考えていたりすると身が持たないから、「もうこの辺で適当にきりをつけた方が、家族や世間を困らせないだろう」などと考えるたちだった。そこで初めて、シェークスピアの有名な「永ろうべきか、永ろうべからざるか、それ

「が問題だ」という、昔の坪内逍遙氏の名訳が生きてくる。つまり、迷うことがすなわち人間の証であることに、すんなりと繋がったのである。

そのテスト・パイロットは、しかも私が驚くようなシステムを見せてくれた。彼のつなぎ（だったと思うが）の作業服の膝《ひざ》の下には一つのポケットがあって、そこに、彼の思考の代わりをするものが入っていたのである。

たとえばエンジンの一つが止まったとする。他に無数に起きそうな不都合はすべて項目別に分けて書かれている。

たとえばエンジンが一基止まってしまったとすると、テスト・パイロットはその都度、膝下のポケットの「エマージェンシー・チェックブック」のエンジン停止の項目を開いて、そこに並んだチェックすべき事項を順序通りに追って行く。

テスト・パイロットが取るべき動作の中には、特定の計器の数値を確認すること、レバーやらスイッチやらを引いたり押したりしてみること、などが含まれているのだろうが、その項目は、十数項目、中にはもっと多いものもあったように記憶している。

その一つ一つに対して正確に結果を確認しながら次の項目に移って行くのだが、そういう非常事態にあっては、私ならかなり心理的に困難だろう。私は、対人間との会話や動作なら、あまり上がるということはないのだが、機械が相手だとすぐかっとなる癖がある。つまり忌避的・防御的姿勢になって、全体の姿が見えなくなるのである。しかも驚いたことに、これらの項目は手順を決して暗記してはいけない、というのであった。暗記すると、確認の順序を飛ばす恐れがある。だから一つ一つ、上から下へ、チェックブックに並べて記載された順序に項目をクリアーしていかなければならないというのである。

状況がおだやかな時ではない。飛行機の高度が急激に下がっていたり、機体のどこかから燃料や火や煙が噴き出しているような非常事態の中で、そうしたデータを手順通り確かめるなどということが、私にはほとんど不可能だと思われたのである。

しかも私には永い間に母から植えつけられた極めて日本的な行動の基準があった。それは「気をきかせなさい」という言葉でもあったし、「グズグズ考えていないで、自分で才覚を働かせて素早くやりなさい」ということでもあった。母は、娘時代ややノロマな娘だった私に対して、いつも素早い判断と行動を要求した。才覚ということは、命令なしでその場その場の空気を見極めるということだ。

その場合、理由や順序の説明は抜きである。一挙に結論に達して、結果がよければいい。これはきわめて東洋的な発想であり、美徳の基準である。だから私はいつの間にか「想定外」の状態にいつもマニュアルなしで動くことがいいのだ、と思わせられていたのである。

しかしジェット戦闘機は、純粋にアメリカ型思考形態の産物であった。すべての行動とその結果には、はっきりした因果関係が数値で示されねばならない。

この「エマージェンシー・チェックブック」なるものは、すべての航空機の運航に必ずついて廻るもののようであった。さらに後年、私はコートジボアールのアビジャンで、小さな飛行機をチャーターし、ベナンという国の北部にある村まで行った。民間の飛行クラブのような組織が持っている飛行機を出してもらったのである。アフリカというところは、かつての宗主国に向けて南北に飛ぶ民間航空路はあるが、新興国を東西に結ぶ商業路線はほとんどないに等しいから、こういう手段をとる他はなかった。

その時私が乗った四人乗りの小型機には、後部座席の前のポケットに、自動車の車検に当たるものがついており、パイロットの名前などと共に、乗客向きの「エマージェンシー・ブック」が入っていた。非常時に不時着した場合の心得である。

乗客の安否を確かめて、負傷者の手当てをすることが、第一の緊急の処置であったが、その他に私の心を打った項目があった。それは事態を把握し終わったら、できるだけ全ての人に、可能な仕事(任務)を振りあてるということだった。

近くに水源があれば水を汲《く》みに行くとか、薪《たきぎ》を集めて体を温めるための焚《た》き火《び》をするとか、夜眠る時のための屋根になるものを作るとかいうことであろう。つまり仕事のない人間を作るとそこから不満が生まれ、協調が破壊され、遭難者全員が生還するという目的を阻害するからであった。

すべてのものごとには順序があって、人間はそれに従って運命を切り開かなくてはならない。私はその謙虚さを習った。

日本では、私のような普通の家庭に育つ娘でも、親方のところで手職《てしょく》を習う職人でも、程度は違っても恐らくすべての手順の他に、成文化されていない才覚を要求される。「一を聞いて十を知る」人間が利口とされ、「一を聞いて一を知る」ようでは、当たり前の凡庸《ぼんよう》な人物と見なされる。

しかしアメリカのような多民族国家では、国民の質の差が恐ろしく大きい。今でもアメリカには、字の読めない人がいるだろう。昔アメリカの空港のゲートには黒人男性の係員が立っていたが、彼はおそらく字の読めない人だったのだろう。乗客を呼び出すのに、リストの名を読みあげられないので、傍にいたツアー客の女性添乗員に読んでもらっていたのを目撃したことがある。

それに対してノーベル賞クラスの頭脳も、コンピューターのハッカーになれるような（それがいいことだとは言わないが）特殊な才能を持つ人までいるのだから、国民として資質の幅が大きすぎる。それでおそらくその中間の庶民に対しては、「マニュアル」とか「チェックブック」なるものが発達したのである。

しかし……そこから先がおもしろいのだが、その時、私の会ったテスト・パイロットは、緊急時の行動について「考えているより、体が先に動かないといけませんね」と笑ったのである。

驚いたことに、私はそれまで、ハムレット型の人間とだけしか付き合ったことがなかったのであった。私はそのことに気づいていなかったのである。私の周囲はすべて、深く長く考えることを人間の特質と思っているような人たちばかりだった。その中で、私自身はいつもいい加減に思考を切り上げて適当なところでものごとの片を付けていたのだから、自分は本当に考え深い人間の対極にいることを自覚して、引け目を覚えていたのである。

しかしこの世には、慎重な思考が、却って死や損失に繋がる場合もあるのだ、ということが、私はやっとその時わかったのである。

当時の私の取材は恐ろしく表面的なものだった。数時間だけだったように思う。つまり私はまだ恐れを知らなかったのだ。後年私は、数時間どころか、数日、数週間よりさらに長く、数年がかりの取材をするようになったが、その当時はまだ見学の域を出なくとも、その世界を書けると思っていたのだ。

しかし私はその時初めて、日常つねに、考えるより早く自分が取るべき行動に移れる素質を持った人種がこの世にいて、しかもそういう才能を持つ人しかその仕事を成し得ないのだ、という事実を知ったのである。おりしも二〇一四年冬のソチ・オリンピックの最中で、私たちは毎日この手の才能の活躍を見ている。

私はそのテスト・パイロットの顔立ちも覚えていない。しかし別れた時の表情は、穏やかな笑顔だったことをなぜか忘れられないのである。

# 第5章　湖底の碑文

私は一九六八年に、『無名碑《むめいひ》』という土木の技術者を主人公にした長編小説を出版した時、にわか勉強で教えられた土木の世界に深く引き込まれた。そしてその後も、機会があるごとに現場に入れてもらって、素人《しろうと》の勉強を続けた。

いわゆる「あかりの仕事」と言われる道路などの地表の工事と違って、トンネルなどの現場には、働かない人間が立っていてもいい空間などほんとうはないのだが、とにかくそこにいなければ細部も見えてこないのだから、邪魔になるのを覚悟の上で、現場に居座っていたのである。

『無名碑』の舞台の一つに使った現場は、会津《あいづ》の山奥にある田子倉《たごくら》ダムで、私はすでに完成した人工湖を見て工事が行われていた当時を想像で描く他《ほか》はなかった。私は一度、ダムを作る工程を最初の場面から見たいと思っていたのだが、その機会は一九七二年、長野県の高瀬川に新高瀬川発電所を作る時に叶《かな》えられた。取材の許可を得て、一九七二年五月、私は初めて、まだ自然の川の面影を残した高瀬川の川筋に入った。

このダムはコンクリートダムではなく、土砂を積んで大きな堤体《ていたい》を作り上げるいわゆるアースフィルタイプのダムなのだが、夜間に余った電力で、下ダムに溜まった水を上ダムに揚げるという夜間揚水の方式を取っていた。だから必然的にダムは二つを組にして作ることになる。

とはいっても、大きいほうの上ダムには、一千万立方メートルもの土を積むわけだから、途方もない大工事だった。

当時から既に自然の景観を保護するために発電所の建物は、地下に埋没するというのが常識になりかけていた。

よく面積を説明するのに、山手線の内側と同じくらい、とか、東京ドームの十倍くらい、というような言い方をする。地表からは見えない地下発電所の体積は、当時東京で新名所だった「霞が関ビル」と同じくらいだと説明された。つまりそのくらいの空間を地下に掘り抜くのである。

地上に箱を作るのと、地下に空間を作るのとでは、大きな違いがある。地下に巨大な空間を掘り抜くと、そこに周囲から大きな土圧がかかる。前後左右、かぶりと言われる上からも、空間を押しつぶそうとする圧力がかかる。この地山が押して来る力をどう防ぐかが問題であった。

技術者たちは、逆三角形の頭部でくさびを押し拡げるようになった鋼製のロッドを岩に打ち込み、それをボルトとしてコンクリートの壁面を岩盤に締め付けた。つまり、発電所の側壁《そくへき》を、地山に縫い付けたのである。

人間は、霞が関ビルと同じ体積の箱を外から見ることなら、今後もできるだろう。しかし地中にできた霞が関ビルと同じ体積の何もない空間を、内部から見るという機会はほとんどない。霞が関ビルにしたところで、あれは一階一階のフロアーをきちんと作りつつ立ち上げて行くのだから、内部の空間は仕切られたものになる。

空洞の霞が関ビルの内部に立ったようなものだった地下発の空間に立った時、私は動物的に感動しただけだったが、それを使って贅沢《ぜいたく》な思いをした人はいる、という噂だった。

現場近くに浅利慶太《あさりけいた》氏の主宰する劇団四季の稽古場があった。そこへシャンソン歌手の越路吹雪《こしじふぶき》さんが遊びに来られた。現場の誰かが浅利さんの知り合いだったのか、とにかく越路吹雪さんが「電休日」と言われる坑内作業が全くない日に、その非現実的な巨大な空間に見学に入ったというのである。

そして誰が要請したのか知らないが、越路さんはそこでシャンソンを歌われた。何を歌われたのか、私は曲目も知らない。しかしそれは空前絶後の素晴らしいリサイタルだったろう。

その日、坑内では、重機も削岩機《さくがんき》もダンプも一台も動いてはいなかった。普段は埃《ほこり》で濛々《もうもう》としている現場の空気も、信じられないほど澄んでいただろう。

私はあまり他人の生活や持ち物を羨《うらや》む性格ではないが、この話を仄聞《そくぶん》した時は、かすかな嫉妬を覚えたものだった。越路さんの生の歌をこの地底の広大な音楽会場を数人で独占して聴いた人がいたのだから、羨ましがっても当然だろう。

とにかくこうした大ダムの地下発電所建設の現場で、たくさんの工法上の新技術が生まれたことは間違いないと思われる。私が暗い地底の魔境のような現場で、わからないことを質問するたびに、面倒くさがらず教えてくれた人々――大手ゼネコンや下請けの比較的若手のベテランたち――は、数年の間に同じような現場をいくつか手掛け、その間に「地下発のベテラン」になっていたようである。

私は何年間かに一度、新たな水力発電所を訪ねる度に、思いがけずそこになんとなく知った顔を見かけて驚くこともあった。前の現場で見た時以来の時間的な経過の記憶が瞬時には繋がらないのだが、そう言えばこの人は、地下発一筋にやって来たのだろう、ということはそこでよくわかるのである。

そうした技術者たちが、やがて日本が海外で受注した発電所も手掛けるようになった。私はこうした人たちと個人的に手紙をやり取りしたこともなかったし、彼らは軍人と同じで、自分の任地をいちいち誇らしげに知らせてくるということもなかった。

さすがに、日本の現場で所長だったような人たちが海外の現場に出たことを知った場合には、私の方から、「もしお時間のご都合がつかれましたら、ご赴任先で二、三時間でもお目にかかりたい」と言うことはあった。

私は始終、東南アジアやアフリカに行っていたが、実は日本大使館の関係者より、大手ゼネコンの現地所長の方が、ずっと深く国の事情に答えてくれることが多かった。私の質問はたいてい、「今この国では、特に専門のない労務者の日当はいくらですか?」ということから始まることが多かったが、大使館員でそれに即答できる人にはあまり会わなかった。その答えによって私は、その国の庶民の生活水準を推測していたのだ。

土木の現場というものは、労務者管理を通してその国の実情に否応なく直面するものであろうと思われる。或る時、マレーシアの現場所長から、各国人の水の使用量について面白い話を聞いたことがある。

インド人やマレー人は、それぞれに食物規定のルールが違うから、宿舎も並んで建ってはいるが、別棟になっている。インド人は牛肉と豚肉を食べないし、マレー人は豚を食べない。調理場もコックもそれぞれ別にしなければならない。

別棟にしたついでに、合宿の日本人責任者は、それぞれの棟に水量計をつけてみた。よく日本人は、お風呂も大きな湯船にたっぷりとお湯を溜めて入るが、たいていの東南アジアの国では、年中シャワーで済ませるところが多い。だから日本人は清潔好き、という結論である。

使った水の量を頭数で割ってみれば、一人が使った水の正確な量が分かる。すると意外な結果が出た。一番多く水を使うのは、マレー人もしくはタイ人だったのである。

タイで取材していた時に、私も安いゲストハウスに泊まっていたので知っていたのだが、彼らは水浴場の隅に大きな素焼きの水甕《みずがめ》を置き、そこで毎日、最低二、三回は水浴びをする。朝起きた時、昼飯前、夕食前、寝る前といった具合で、水甕に汲み置きをするのは、自然に水が冷たくなるからだが、私はむしろ寒くて困ることが多かった。

彼らは一度外出して家に帰るや必ず汗を流し、洗濯したての衣服を身につける。ゲストハウスでも、水浴場の一部には、毎日何枚でもシャツや下着を洗濯に出せるような籠《かご》が置いてあった。もちろんそれはそうした国々の底辺を支えている安い労働力の存在を物語るものだから、一概に喜ぶべきことではないのかもしれないが、とにかく日本人が「湯水のように水を使う人種だ」という通説は、現場で覆《くつがえ》されていたのである。

私は各地の現場で知り合ったそうした土木屋たちに会えるのを感謝していた。短時間で、その国の本当の生活の一部を窺《うかが》える。マレーシアで会った旧知のゼネコン所長は、私をジープに乗せて、自分が作ったハイウェイの切り通しを走りながら、

「曽野さん、この切り通しの法面《のりめん》の角度、きつすぎるとは思いませんか」

などと言うのであった。法面とは、切り取ったり、盛り土をしたりする場合につける傾斜のことである。私がいかに思い上がっていても、そんな専門的なことに感想を述べる立場にいなかったから、私は笑いだした。法面の傾斜が、日本の基準では考えられないほどきついので、その所長はおそらく崩落を恐れているのだが、それは手抜き工事をしたからではなく、工事仕様書《スペック》がそうなっていたのである。

「ここの人はどういうふうに考えているんですか」と私は尋ねた。

「日本みたいに長雨がしとしといつまでも降り続く土地ではないから、この程度の法面でも保つと思っているんでしょうか」

「改めて話し合ったことはありませんが、多分自動車がこの法面の間を走っている時に崩れることはないだろう、とか、万が一、そこを走っている自動車の上に土が崩れ

てきても、すぐに掘り出せばいいとか考えているんじゃないでしょうか」

ものは考えようだ、と私は思った。法面を何度緩くすると、どれだけ工費が嵩《かさ》むのか私にはわからないけれど、世の中の成り行きは理想で動いているわけではない。

私はしかし、そのような会話から、或る国の人々の意識を教えられることが多かった。インドで実際に聞いた話だが、陸続きの国土を持つインドでは、今でも狂犬病がある。私はインドの田舎を歩く時には、よく小枝を持っていた。野犬は名所旧跡の周辺にでも、群をなしている。しかしなぜか棒状のものを手にして歩いている人間にはあまり近寄ってこない。

もちろん、野犬に噛《か》まれたからといって、その犬が必ず狂犬だということはないが、日本人の感覚なら必ずすぐに予防ワクチンを打ってもらうことになる。

或る村のインド人は、もちろん通訳を介してであったが、「野犬に噛まれたけれど、お金がなかったから、半分だけ注射を打っておいた」という言い方をした。日本にはない表現であり現実であり発想である。日本なら健康保険が使えるし、たとえ自費だと言われても、発症すれば一〇〇パーセント死ぬ病気なら、借金してでも金を工面して予防接種をする。しかし半分だけ打っておいた、と言われると、もう犬が狂犬でないことを祈る他はなかった。

前にも書いたように、土木事業の多くはここ半世紀くらいの間、日本の民意の中で支持されたことはなかったように見える。それがむしろ私がこの世界を見続けようとした理由だったかもしれない。

ことに革新的な市民意識ほど、日本改造を大手ゼネコンの儲け仕事だ、政治との癒着だ、自然破壊だと言って認めなかった。しかし成田空港の建設反対者といえども、新しくできた道路を一切走らない生活をし続けていたとは思えない。息子や甥《おい》が大手ゼネコンの試験に受かっても、断然就職を拒否してきたかというと、必ずしもそうではないだろう。

私は、自分の生活を常に善悪半々の要素で動いていると考えていた。私は菜食主義者にもなれない。だから毎日他の動物の命を奪って生きていることになる。しかし、そもそも自然破壊の最も大きな要素は人間そのものが存在しているということなのだ。地球環境を守ろうという意識は私にもあるが、それでも完全に呼吸、摂食、排泄《はいせつ》をせずに生きることはできない。だから、私は生きているだけで、他の生物の命も奪えば、一酸化炭素も排出しているのである。だからと言って、私は自殺もできない。

完全にいいことと、完全に悪いことがある、という意識がそもそも成り立たない。道を作り、川をせき止め、護岸をすれば、自然は必ず破壊される面を持つ。しかし高速で走れる舗装道路を作ることで、私たちは救急車に人命救助の機能を発揮させて、命の瀬戸際にある怪我人《けがにん》や病人を救うこともできる。

一九八〇年頃、私は何度かインドネシアのスマトラ島にあるトバ湖に通っていた。現在のトバ湖を私は見たことがない。三十年以上の月日がたてば、昔の面影は分からないほどに変わっているだろう、と思いつつ、私はおそらく私の生きているうちにそこを訪れることはないだろう、と思っている。

その湖底にも大きな地下発ができている。私に日本で地下発の技術を教えてくれた多くの土木屋たちは、そのトバ湖の地下発でも働いた。そしてその中の多くの人たちが、既に世を去った。彼らが今日のトバ湖を見ない以上、私だけが見てはいけないような思いさえすることがある。

とにかくその頃のトバ湖に到達するには、メダンという中部スマトラの町から、ゆうに二時間以上は未舗装の悪路を車で走らねばならなかった。途中の林には野猿が群れており、日本大使が工事の節目節目に視察に来られる時には、インドネシア政府は数十人の護衛の小隊をつけることを勧め、後日その日当を日本大使館に請求した。

トバ湖の水を水力として使うためには、滝を一つ閉塞《へいそく》しなければならなかった。華《け》厳《ごん》の滝をなくすといったら、恐らく周囲の住民は猛反対をするだろう。私のあやしい記憶の中では、湖畔に村落らしいものの姿が見えない湖だった。しかしトバ湖でも「祖先からあがめて来た滝を殺してはならない」という動きはあったろう。滝は神聖な信仰の対象であるのが普通だからだ。

明日、滝の一番狭《せば》まった箇所に、左右の岸から最後の岩を落としこんで閉塞するという前日にも、私はそこへ行ったのである。現場には金属製の籠とでも呼ぶような工事用エレベーターがあった。私が乗ると、中に保安帽を被り、首にタオルを巻き、ニッカーボッカーと保安靴を履いた、どう見ても日本人と思われる人が乗っていた。

それで私は「おはようございます」と挨拶《あいさつ》したが、相手は何とも言葉を発しなかった。現場に女など来られては迷惑だ、という気風はどこにでもあるだろうから、と私は思い、それ以上は何も言わなかった。

私はその発破《はっぱ》の瞬間を見ていない。しかし後日、私はその人の話を聞いた。私の会った人は下請けのベテランの作業者で、何度も海外工事に加わり、先端の現場ではもっぱら土地の労務者を指導していた。言葉も自由ではなかったろうが、彼は働く人たちに技術を教え込み、彼らの信頼も勝ち取った。

仮にその日本人の名を「井上」としておこう。このエピソードを、私は人から聞かされただけで、今に至るまで、この人物の本当の名前も知らず、声さえも聞いたことがないのである。

滝を消すはずの最後の岩を発破で落とし込む前に、地元の労務者たちは永遠に湖底に沈む岩に文字を書いた。そこにはインドネシア語で「いいぞ、井上」《バグース》と書かれていたという。言葉はできなくても、彼は周囲の労務者たちに日本風の仕事師のやり方を教えた。そしてその姿勢は、土地の人たちに充分に評価され、その名前は、友情と尊敬と共に、永遠に人知れず、湖底に沈められた。

滝はなくなったが、このトバ湖で造られた電力はメダンまで引かれて、日本向けのアルミのインゴットを作るのに使われる、と言われていた。日本人が今宵《こよい》手にするよく冷えたビールの缶は、決してこのトバ湖とも、一人の無口な日本人の土木屋とも無縁ではないのであった。

# 第6章　一ドル少年《ワンダラー・ボーイ》

自分の職業の分野に有能であるかどうかについて考える時、日本人はどこか分裂し、重層的になり、直截《ちょくさい》ではない。

私は大阪商人に比べて商才がない、といわれる「東京原住民」とでもいうべき庶民の家庭に育ったのでよくわからないのかもしれないけれど、関西の人たちの会話というものを、東京人の話し方よりよほど率直で好ましく聞いている。

「儲かりまっか?」

と聞かれると、かなり商売はうまい具合に行っていても、

「ぼちぼちでんな」

と答えるあの呼吸も好きなのである。言葉とは裏腹に、そう答えた人の笑顔も見えるようでほんのりした気分になる。

おもしろいことに、たとえそれが純粋の商人であっても、日本人は儲け一筋の強欲さを、態度に示すことを浅ましいと感じる面がある。会社や店のために利潤をあげることは大切だが、温情を示すためにみすみす儲けのチャンスを失うような人格も深く愛される。

日本において職人はまた別の目で見られる。職人は金のことなど考えないのが、いい職人の証《あかし》のように思う面もある。しかしそんなこともないだろう。職人も家族を養

わねばならない。ヨーロッパでは桁外《けたはず》れの富豪をパトロンとして、その下で働いた職人集団は、現代でも真似ができないようないい仕事を残したのである。

飛び抜けた大富豪の存在を、現在の日本人は道徳的に許さないから、芸術も手工芸もほんとうにスケールの大きないいものは育たないのかもしれない。その分野で飛躍的に技術が伸びる時代には、大方の良き要素と共に、いささかの悪か毒の存在も必ず必要なのだろう。

私は主に中年を過ぎてからアラブの世界を知ったのだが、アラブの商人、いやアラブ人そのもの、周辺の部族社会も、感情に中間色のない、黒か白かの世界の人だと教えられた。

アラブ社会で買い物をする時、相手は必ず掛け値をしているから、値切るのが常識だというのが、アラブ社会で生きる技術の第一歩である。初めたいていの日本人は、恐る恐る一割くらい安い値段を言ってみるが、そんな程度ならあっさりと負けるので、次第にこつを覚えてくるのが普通だろう。

手短に結果を言うと、千円のものは、二百円にはなる。しかしその場合、ほんとうにその値段でなければ買わないと決めて、半分店を出かかるくらいのポーズは要る。この値引きの限度は、その後何十年もアラブとの体験のある人と話した結果、大体間違いない線だということが分かった。

大昔、まだ遠藤周作《えんどうしゅうさく》氏も私たちも若かった頃、いっしょにイスラエルに行ったことがある。観光地で駱駝《らくだ》に試乗させたり、絵はがきを売りつけようとしたりするのはアラブ人の子供たちで、私たちは「ハンドバッグをそこら辺に放り出しておいたりすると、なくなってしまいますよ」とも教えられたのである。

印刷の悪い絵葉書なら十数枚で一ドル。私の持っている写真機のシャッターを二、三回押させても一ドルを要求されるのが相場だったから、私たちは彼らを「一ドル少年《ワンダラー・ボーイ》」と呼んでいた。

その旅の途中で、遠藤氏のところに一人の土地のおじさんが近付いてきて、木の実をつないだネックレスを売ろうとした。遠藤氏はそれを秘書のお嬢さんに買おうと思われたようだった。

詳しくは覚えていないが、相手が言った値段は大体日本円で千円くらいであった。

遠藤氏はイスラエルに詳しいから、もちろん相手の言いなりで買ったりはしない。約半値でなければ買わない、というと、相手はあっさりとその値段で折れてしまった。

こちらが値を付けた以上、相手がその値段まで負けたら買うのが信義なのである。遠藤氏はその値段でネックレスを買われたのだが、その経緯をおもしろがって見ていた三浦朱門《みうらしゅもん》は、ほんの数メートルしか離れていない露天商の店で、おばあさんが全く同じネックレスを遠藤氏の買値よりさらに安い三百五十円くらいで売っているのを見つけた。

三浦朱門は大喜びで「おーい、遠藤。これを見ろよ！」と満面の笑みで人の失敗を喜んでいる。遠藤氏は、たかがネックレスだが、ほんの少しおもしろくない。

するとこの経緯を見ていた先のおじさんが嬉しげにやって来て、遠藤氏に言ったのである。

「お前の付けた値段だ。文句ないよな」

日本人だったら、臆面《おくめん》もなくふっかけておいた後で、よく恥ずかしげもなくあんなことを言うもんだ、となるだろう。しかしアラブ社会では、この「遊弋型《ゆうよくがた》」の商人の男は、定住露天商型の女性より、百五十円も高く儲けて売れたことの勝利を噛みしめているのである。

日本には、いいことも喜べない人がたくさんいる。東日本大震災の後、家も壊れず、家族も失わず、自分も生き残ることのできた人の多くは、どんなにか感謝してもいいだろうと思うのに、ＰＴＳＤ（心的外傷ストレス障害）で苦しんでいるという。

もちろん意識の一部では、自分のうちは家族が無傷で済んだのに、友だちのうちではお母さんと妹が津波にさらわれてしまった、ということは、辛い話だろうが、そういう場合でも「ああ、うちではそういうことがなくてよかった」と喜ぶ方が自然なのだ、と私は思う。

私たちの多くは哲学者でもなく、宗教人でもない素朴な生活者である。だから、自分の上に「降り注いだ」ような運を気楽に喜んだり、悲しんだりしていいのだ。しかし事件後のマスコミやジャーナリズムの姿勢はそうではなかった。「忘れない」「きずな」を叫び続けた。忘れなければ、災害はずっと心の傷として残る。きずなはもちろん私の大好きなものだが、東日本大震災後に叫ばれたきずな意識は、どこか不自然だった。

昔の人は、きずななどと言わなくても、普段から親類縁者が火事や破産に遭うと、黙ってその家族を陰で支え続けた。困っている人にはお米一升を手拭《てぬぐ》いを縫った手製の袋に入れて持たせ、火事で焼け出された人には、母は自分の家にある布で布団を縫い、自分で綿を入れて送っていた。子供の私もその埃《ほこり》っぽい作業を手伝わされたのである。

一般的にアラブ人たちは、自分が直接体験することを素直に受け止める見事さを持っている。それを外から見た思惑で価値を変えたり、言うのを憚《はばか》ったりしない。アラブの格言の中には、日本人なら、落語や漫才の中でやっと大きな声で言えるようなことが、たくさん納められて普通に語られている。


「人生はいかがわしい見せ物だ」

「たくさん持ち過ぎているのは、足りないのと同じだ」

「賢い人は見たことを話し、愚か者は聞いたことを話す」

「行動を起こす前に、退路を考えろ」

「賢い人の推測は、ばかの保証より真実」

「正義はよいものだ。しかし誰も家庭ではそれを望まない」

「しょっている奴は、神を敵と見なす」


アラブ諸国の中には、今も昔も政情穏やかならない土地が多い。アラブの揉《も》め事《ごと》を、自分たちの考える正義の規範で収めようとするアメリカ人の為政者《いせいしゃ》たちは、多分、右に挙げたような真実過ぎる格言を読んでいないのであろう。

アラブを旅する時、私はそこで同時に知恵も教えられた。人間の知恵というより、ネズミの本能に近い危険の処し方を習った。たとえば、レバノンのベイルートという町は、何度も内戦に見舞われているが、そこで取材している時に私が土地に詳しい人に注意されたのは、街を歩く時には理屈を考えず、ゴキブリかネズミになれ、ということだった。

「繁華街を歩いていて、なんとなく周囲に人が減ったな、と思ったら、理由など考えずに、雨宿りするみたいに近くの建物の中に入ってください。そして数分か数十分じっとしていると、またザワザワと通りを人が歩くようになる。そうしたら、その流れに乗ってホテルにお戻りください。

人混みが絶えた理由を探そうとしてうろうろしたりすると、流れ弾に当たるんです」

多分これが真実なのである。私一人では何もほんとうの理由を突き止められはしない。しかし集団としての人間は、まさにゴキブリかネズミ並みに、危険を本能的に察知することが可能な時もあるのである。

天気予報、地震速報、津波情報、電車事故のお知らせなど情報が与えられないと判断できなくなった日本人は、自分でゴキブリかネズミ並みに変化や危険を察知する能力が全く欠けてしまったのである。

アラブ諸国で、私がやや意図的に、状況を知ろうとして立ち寄ったのは、主に骨董《こっとう》屋《や》と本屋であった。どちらも、長い時間店にとどまっていてもさして不自然ではない。私はそのどちらででも、もしかすると買いそうな顔をしていたのである。骨董屋も本屋も、時にはコーヒーまで出して相手をしてくれる。

ことに骨董屋ほど、土地の人々が将来の状況に関してどういう予測をしているかを示す職業はなかった。骨董というものは、戦乱が起こると、一番大きく被害を被《こうむ》る商売である。商品はすぐに壊されて価値を失い、しかもたやすく持って逃げることもできないものばかりだ。

アメリカが、「サダム・フセインのイラク」に侵攻する数カ月前に、私はシリアの北部にいるクルド人に会いに行った。まだ私が日本財団に勤めていた頃である。その時も私は半分仕事、半分興味で骨董屋を冷やかし、店の主人は一メートル半か二メートル分の陳列棚に並べられているガラクタの陶器や雑器を指して、「ここからここまで、二百ドルで買ってくれ」というような言い方をした。それで私は、彼は戦乱近しと予測していることを感じたが、もちろん気付かないふりをしていた。

こういう場合、相手が一ドルや十ドル紙幣を、高額の百ドル紙幣に換えてくれ、と言う時は、もっと状況が切羽詰《せっぱつ》まったと感じている場合である。高額紙幣にしておけば、逃げる時かさばらなくて済むからだ。

本屋はもっとのんきな意味で、私にとっては情報源だった。ベイルートでは、私は数日置きに、親しくなった本屋に立ち寄ったが、今日はどこかで小競り合いがありそうだとか教えてくれるのも、その店主であった。

その頃私はユダヤ教を独学で勉強し始めてはいたが、その最大の史料と言うべき『ミシュナ』(紀元後二世紀に、それまでラビの口伝《くでん》だったユダヤ教の律法を集大成したもの。反復を意味し、モーセの律法『トーラー』についで重要なものとされる）の存在さえまだ知らなかった。

本屋の主人はもちろんイスラム教徒だったが、商売熱心と言うか決して狭量ではなく、私に様々な本と同時に、ダンビーの英訳による『ミシュナ』も二階から持って来てくれた。さらに私に片目をつぶって日本語で「モットオモシロイ本モアルヨ」と言ったのは、大阪に行ったことがあるからだという。

どうやらそれは怪しげな本らしかったので、私は見るのを遠慮したのだが、私が素早く『ミシュナ』に辿《たど》り着けたのは、このアラブ人の本屋の主人のおかげだった。

しかし私はその時、ほかのアラブ諸国にも陸路で入る予定だったので、ユダヤ教の

『ミシュナ』を持って歩くことは、国境で文句をつけられる恐れもあった。私がそう言って買うのをためらっていると、彼は「ちょっと待って」と言って再び二階に上がって行き、降りて来た時には『ミシュナ』の上にヘミングウェイの『武器よさらば』の表紙を掛けて来てくれた。

それも融通無碍《ゆうずうむげ》のアラブ人の知恵である。人間は本の表紙は見るが、中身が同じものかどうかまで確かめることはめったにしない。

私はそこで『ミシュナ』を買い、他のアラブ関係の本と一緒に郵便で日本に送った。私が『ミシュナ』を数年がかりで読むことになったのは、このいたずら気一杯の書店主のおかげなのである。ユダヤ人でユダヤ教徒であったイエスの生涯を知ることは、この『ミシュナ』の基礎的知識なしには不可能なのである。

しかしどうしても私の意識の中で、アラブ人という存在は現実的で、いつも「バクシーシ（お心付け）」を期待する人種であった。

或る年、私は何台かの車椅子の障害者の人たちも含むグループでエルサレムに行くことになった。

エルサレムでは当然「十字架の道行《みちゆき》」と称して、イエスが最期に十字架を担《かつ》いで登ったカルワリオの丘まで旧市街の細い道を祈りながら辿ることになる。私はいつも祈ることより、同行の車椅子が動いているか、巡礼の人たちが掏摸《スリ》に遭わないか、というような俗事にばかり気を取られていたが、そんなに気を使っていても、カルワリオの丘の上にあるだだっ広い「聖墳墓《せいふんぼ》教会」の中で、私自身がその一人であった一台の車椅子の他の担ぎ手と、離れ離れになってしまった。

車椅子は男性が一人いれば三人で階段や坂道も動かせるが、女性ばかりだと担ぎ手として五人を用意しなければならないこともある。教会の帰路は登りの階段を何十段も上がったところの広い道で、バスが待っているのだが、そこまで辿り着くのに、女性二人だけではどうしても車輪を持ち上げる力が足りない。

私は仕方なく教会を出たところで、例の「一ドル少年」の一人を見つけて、手真似半分で車椅子の片側を引いてくれないかと頼んだ。

少年は私の説明も聞かず、いきなり車椅子の片側を持って引き始めた。体を前に倒し、全力を挙げている。その姿は、初めから彼がその仕事を引き受けた人員のような姿だった。

バスのいる広場までの間に、数十段の階段があった。私は偶然傍を並んで歩いている同じグループの女性に頼んだ。

「すみません、三ドルほど拝借できませんか。この子を返す時にやりたいのですが、今、私の手が空きませんので」

「よろしいですよ。今出しておきます」

実は私には、バスの広場のすぐ近くの地点にどこで辿りつくのか全く分からなかった。しかし少年は、或る所まで来ると、突然車椅子の片側を担ぐ手を離し、飛鳥のように元来た道を走って帰ろうとした。それを留めるのに、私は慌てた。せっかくお駄《だ》賃《ちん》を用意したのに、渡せないのは困る。私が叫んだので少年は立ち止まり、私の手から紙幣を受け取ると、それこそ改めて飛ぶように姿を消した。

私は誤解していたのであった。何をするにも計算高く「バクシーシ」なしには何もしないだろうと思われたアラブの少年は、身障者には無償で仕《つか》えて当然、と知っていたのである。それがアラブの掟《おきて》であった。私は車椅子の人と共に旅をしたからこそ、この泥だらけの宝石のような心情を見せてもらえたのである。

# 第7章　ヴェネツィアの宿で

二〇〇六年の五月、私は左足の足首を骨折した。その十年前に、右足のやはり足首を折ったのに続いて二度目である。左右バランスよく律儀《りちぎ》に折った、と私は言っていたが、親のせいにすれば、私の脚は両足首の構造に欠陥があったのだろう。

転倒した理由を考えてみると、私は斜めに歩くことがへたなのであった。もう一つは性格の問題で、私はそれまでいつも人生を生き急いでいたような気がする。私はいつも、走るのに近い速さで歩いていた。だから年齢と共に、うまくターンすることもできなくなった時に問題が起きたのである。

入院して骨をつなぐ手術を受け、散々健康保険を使い、周囲にも迷惑をかけたので、私はそれ以来、少し性根《しょうね》を改めた。まず急いで歩くことをやめたのである。電車がホームに入る音が聞こえてくると、私は以前は必ず走って行ってその電車に飛び乗ったものだが、それ以降はのろのろ歩いて間に合わなければ、次の電車に乗ることにした。二度目の怪我はかなり堪《こた》えたのである。

その時、私はすでに七十四歳だった。夫はそれをきっかけに、私がもう立ち上がれないか、少なくとも車椅子の生活になると思っていたようだったが、私は無茶だと言われるくらい歩いて、とにかく術後、自分のことは自分で出来るようになった。しかし踝《くるぶし》の腫《は》れはなかなか引かなかった。

それで私は湯治《とうじ》に出かけることを思いついた。しかし畳の生活はしにくかったのと、同じ湯治をするのでも、どこか珍しいところに行きたかったので、友達がいっしょに行くと言ってくれたのを幸い、イタリアの温泉に行くことにした。手術後まだ五カ月も経ってはいなかったが、私は一人で旅立った。

ミラノからヴェネツィアに至る道の周囲には、ローマ時代からの温泉が何カ所もある。その中のアバノという温泉が私の湯治場だった。ホテルの格としては、Ａクラスの上というところだったろうか。しかしきらきらした余計な飾りもなく、落ち着いたいい宿だった。長逗留《ながとうりゅう》の客がいたせいでもあろう。

ドイツから来た団体客は、私より年の若いおばさんたちのグループが多かった。服装も野暮《やぼ》と言いたいほど地味だったが、何よりも騒々しくなく、落ち着いて三日ほどの温泉滞在を楽しんで帰るところが見ていても感じがよかった。

私の湯治日課は次のようなものだった。朝五時に起きる。私は朝型だから、少しも辛くない。最初に受けるのが有名な泥浴《でいよく》である。治療を受けるのは広々とした個室で、陽気な背の低い五十代のおばさんが取り仕切っていた。数カ月間、熱い温泉の中で熟成させた泥を、ベッドに拡げた荒布の上に拡げ、それを火傷《やけど》しないぎりぎりの温度まで下げたところで私のような治療客を寝かせ、体の上にも同じ泥を塗りたくる。

ただし、治療開始前に専門のドクターだという人の問診は受ける制度だったから、私が怪我の部位を示すと、その上には熱い泥を置かないように図で示したものを渡してくれている。おばさんはその指示に従って、泥を塗るのである。

そのままの姿勢で十五分。個室の一部に置いてあるホースの前に立って泥をすっかり洗い流してもらうと、床下に掘られたような位置にある浴槽に導かれる。床から数段下りて行くと、細長い水槽があって、そこに少しも熱くないお湯がジャクージになって渦を巻いている。

この水槽は、ローマ時代の形でもあったろうと思われるし、今でも南フランスのルルドという聖地で、奇跡の泉と言われる水に浸《つ》かる時に入る水槽の構造とも同じだ。

そこでも十五分間、ぬるま湯につかると、泥浴係のおばさんは、温めた布で体をすっぽりくるんでくれる。

私はこのおばさんの飾り気ない人柄をすっかり好きになった。私たちが泥浴室に入る前に、この人は屈強の男の手を借りて、バケツに何杯もの熱い泥を浴室に運び込むという準備をしなければならない。この泥の熱さは、単に火傷をしない温度を、温度計で確かめるというものではなく、彼女の掌《てのひら》が長年の経験で知らせる微妙な感覚で決めるのだという。

「十二歳くらいからやっているのよ」

もちろん私はイタリア語ができないので、こうした微妙な話は同行の友人がお喋《しゃべ》りのような形で聞いては、私に説明してくれたのである。

後で気がついてみたら、私は彼女の名前を聞いていなかったが、それほど彼女の存在は圧倒的だったと言ってもいい。熱い泥が私たちの体に載せられている間中、彼女は受け持ちの何室かを順番に廻って、私たちに気分が悪くないか、と尋ねて廻るのだった。「大丈夫《べーネ》？」だけは分かったから、「ありがとう、大丈夫よ」と答える。

それ以外の時、彼女はたいてい歌を歌っていた。カンツォーネ風の歌ばかりだが、ほんとうによく通る自然な美声であった。仕事をしながら彼女自身が楽しみ、それをまた私たちが聞いて楽しんでいる。そんな生活が多分もう四十年も続いているのだ。

客観的に言えば、日本人の方がずっと小金をもち、小旅行や外食を楽しんでいるかもしれないのに、必ずしも幸福だという人ばかりではない。しかし彼女は日々が楽しそうだった。この人の歌には、爪先立ちしていない、地面に足のついたささやかな喜びが踊っていた。

もう明日は帰るという日、私はイタリア語のできる友人に、もうこれでお別れだ、と言ってもらった。すると彼女は、ちょっと悲しそうな表情を見せながら、「ラ・コメディア・テルミナータ！」と呟《つぶや》いたのである。「喜劇は終わった」と訳することは簡単だが、「さあ、お芝居は終わりよ」でもいいし、「楽しかったわね」と取ってもいいのかもしれない。

このカンツォーネのおばさんが、私たちの一週間を、「コメディア」と表現したことは、私にはすばらしい発見だった。いやもしかしたら、イタリア語自身がそうした素晴らしさを持っていたのだろう。

一人の人間にとって自分の人生は重く重要なものだ。そしてその途中で起こるすべての出来事は、重大事件なのだと思いたがる。私が足を折ったことも、いささかの運動の不自由さを残して治癒した以上、ほんとうは取るに足りないことだったのだが、私にとってはイタリアまで湯治に行こうと思うほどの、決して軽くはない後遺症を残した。しかしこれも「コメディア」だったのだ。

自分の身の上に生じたことを、軽く考えられれば、その人の心はまだ穏やかでいる証拠だと言える。肉体にはいささか問題が生じていても、心が健やかなら言うことはない。これはたぶん死の日まで、そう言えるだろうと思う真理だ。

おそらく貧しい家に育って、義務教育が終わるか終わらないうちから、熱い泥と闘って生きなければならなかった女性が、人生の半ばを越した年頃には、こんなに完成した視点を持てるようになっている。それを見られただけでも、旅に出るということは、たまらなく魅力的なことなのだ、と私は思った。

不思議なことだが、イタリアというところでは、こうした分厚い人間性を感じさせる会話や場面によくぶつかった。

まだ老年期に差しかかる頃までの私は、毎年、盲人や車椅子の人たちといっしょにイスラエルとイタリアに行っていたが、ヴァチカンで教皇と謁見《えっけん》する時には、当時ヴァチカン諸宗教対話理事局次長だった尻枝正行《しりえだまさゆき》神父が必ず通訳をしてくださったので、その前後に数時間、イタリア生活の片々《へんぺん》を話してもらえるという貴重な余得に与《あずか》ることもできた。

イタリア人の話には、理想的な人物はあまり出てこない。しかし限りなく人間的な人物が尻枝神父の話にもよく登場した。

或る田舎の主任司祭を務める神父もその登場人物の一人だった。一言で言えば「一筋の人」なのである。その田舎神父は、昼寝さえ、聖堂の祭壇の下でした。神の近くの方が安心してよく眠れるというのである。

夕方になると、その神父は決まって、その日あったことを、声に出して祭壇の上の神に報告する。

「マリアとパウロが夫婦喧嘩をして、おかみさんが薬罐《やかん》で夫の頭を殴ったそうですが、それでも二人は和解したそうです」

「フランチェスコのうちの雌牛が昨日、子供を生みました。しかも牝《めす》です。一家は皆喜んでいます」

といったたぐいの村のニュースである。

そのうちに村人が、それを聞きに集まるようになった。他人の家庭の話を探りたいのではないのである。神父が忘れずに、うちの話を神さまにしてくれたかな、と見張るためである。

こうした人々にとって個人情報の秘密も意味を持たない。情報公開に関する規制もない。神はすべての個人の心の片隅までお見通しなのだから、個人の秘密も色褪《いろあ》せてしまうのである。

盲人や車椅子のグループで、或る年、ヴェネツィアに行った時のことであった。私たちは巡礼者用とでも言うべき、ほどほどの宿に泊まる。ことにヴェネツィアは、町の再開発など全くあり得なかった町だから、ホテルも二、三十組を泊めればそれでいっぱいという小さなものもある。食堂のテーブルも二十個あるかどうか、というものだった。

私たちが食事に行くと、果たして席がなかった。私たち夫婦ともう一組のカップルは、煙草《たばこ》の煙も立ち込めた食堂の端っこで、席の空くのを待っていた。ボーイの一人はちょっとすれて小生意気な表情をした二十代で、東欧風の顔立ちをしていた。

彼は私に席は何人分要るのか、と聞くと、忙しそうにテーブルの間に消えた。その間に、よせばいいのに、夫は自分でもテーブルの間を歩き廻って、どのテーブルがデザートかコーヒーを飲んでいるかを偵察に行ってしまった。そんなことをしなければいいのに、である。だからこのボーイが「お席にどうぞ！」と言いに来た時、私には夫の姿が見えなかった。

「さっきまでここにいたのに、夫がいなくなってしまったの」

と私は謝った。すると彼は心持ち唇を歪《ゆが》めるような皮肉な笑いを浮かべながら言った。

「たまには、夫はいなくなった方がいいんじゃないか」

これが人間の会話というものだ、と私は思った。この小生意気で女癖も悪そうな二十代の青年の周辺には、まさにヴェネツィアそのもののような人生の矛盾が、常に渦巻いていたのだろう。

一族の女たちは、離婚し、姦通《かんつう》し、密会し、身だしなみ悪く、口汚く罵《ののし》り、しかしどこか親切で涙もろかったのだろう。一族の男たちは、まず怠《なま》け根性の持ち主で、よその女に手を出し、インチキな商品を売り、詐欺《さぎ》に引っ掛かり、出奔《しゅっぽん》して家族を置き去りにし、殴ったり殴られたり、アル中になったり、刑務所に入ったりする人生を送ったに違いないのである。だから「たまには夫はいなくなった方がいい」という実感は、ごく自然に、彼の口を衝《つ》いて出たとしか思われない。

私はこの年頃の青年が、瞬時にこれだけの人生を語れる力に深く感動した。その一瞬、私たちは客でもなく、食堂のボーイでもなかった。私たちは生まれた場所と血を異にしてはいたが、つまり人間であった。だからお互いに、ごく限られた語彙《ごい》しか持たない英語でも、これだけの思いが通じ合えたのである。

これは日本ではあり得ないことだ。まず現在の日本人は、語るべき強烈な人生の内容を持たない。あっても、日本語ができないから、語るすべがない。さらに日本の社会には、自分の言葉で語ることを魅力とも美徳ともする気風がない上、個人としても勇気がないから、自分をさらけ出せない。

この会話が、日本の東京の有名ホテルで行われるだろうかという問題になると、私は全く絶望的だった。

「お宅のホテルの食堂には、『たまには夫はいなくなった方がいいんじゃないか』とさらりと言えるボーイさんがいるんですね」

などと私がうっかり褒めようものなら、そのボーイはそれとなく探し出され、客に重大な無礼を働いたとして首になるに違いない。だから日本では、この手の深い人間性に包まれた会話は決して出現しないのである。

この巡礼をしていたおかげで、前章に書いたように、普段はこすっからしい土産物売りのアラブの一ドル少年《ワンダラー・ボーイ》が、車椅子の輸送を、儲けの気分もなしに助けてくれる一面も私は見られたのだが、ほかにも私には忘れられない会話を残してくれた人がいた。

昔からユダヤ人たちは、金細工の商いで有名である。エルサレムの私たちの定宿のアーケードにも、ユダヤ人名前の宝石屋が店を出していた。店は二つに仕切られ、片方がダイヤモンドを中心とする本当の宝石店。片方が土産物用の銀細工を売る店であった。

そして私は、自分のアクセサリーとして、この店の銀細工が好きだった。金ほど高くなく、磨いて使えばいつもこぎれいな装飾品として惜しげなく使えるからであった。その年も、私はその店に立ち寄った。イヤリングを買ったのである。私がカードを出すと、眼鏡をかけた女店員は、じっと私の顔を見て言った。

「あなたは、去年もうちへ来たわね。ご主人といっしょに来て、このカードで買ったわ」

私は答えた。

「そうよ。私はこのお店の製品が好きなの。でもあなたくらい、いい記憶を持っていたら、人生は何倍も楽しいでしょうね。私はいろんなことをすぐ忘れるの」

彼女は一瞬、事務的な義務を忘れたようだった。腕組をしながら、遠いどこかを眺めるようなしぐさをした。そして言った。

「もっとも、忘れたいような記憶もあるけどね」

その時を最後に、私はもうその店に立ち寄っていない。政情も変わり、私がいつも添乗員のように同行していた旅行も、二十三回目を最後に、私たちが敬愛していた指導司祭の死と共に終わった。すべてのことは終わりがあっていいのである。

ヴェネツィアの食堂のボーイも、エルサレムの宝石店の女性店員も、その一瞬、彼らの属していた職業や立場から魂が抜けだして、私の方へ歩み寄ってくれた。私たちは限りなく、一人の人間になった。どの時も私たちは、初対面とは思えない心理的な近距離で向き合って立っていた。

私たちは地球上で、そのひとときだけ会い、そして二度と会うことはなかったのだが、それで十分にお互いの存在の役目を果たしたのである。

# 第8章　現代版モーセとの旅Ⅰ

私は本書の中で、できるだけその人の名を出さないつもりだった。私は名前や肩書でその人を評価したり、付き合ったりする生活をしたことがない。

しかし私が長年仕《つか》え、師と仰いだ一人の神父のことを語るのに、無名というわけにもいかない。

その方は坂谷豊光《さかたにとよみつ》という神父だった。私より約四歳くらい若い。私が神父を知った時、神父は既に「コンベンツアル聖フランシスコ修道会」という長崎の修道会の中堅神父だった。

カトリックの修道会は、どの会であろうと教義も祭儀も全く同じなのだが、会によって社会で働く分野を明確にしている。もっぱら病人の看護のために働く会もあれば、アフリカなどの途上国に行って住み着き、その国の人々のために働く会もある。一般の人たちがトラピストという名前で知っている修道会は、一生限られた修道院の塀の中だけで暮らし、祈りと沈黙と労働が、その生活の主たる部分である。

坂谷神父の所属する修道会は、マスコミを通じて布教を行うという日本では珍しい会で、当時は『カトリック・グラフ』という雑誌を発行しており、神父はその編集長であった。

一九三〇年、マクシミリアノ・マリア・コルベという一人のポーランド人の神父が

長崎にやって来て、「コンベンツアル聖フランシスコ修道会」を始め、初めて活字による布教を開始した。このコルベ神父こそ、後年、アウシュヴィッツ強制収容所で、全く見ず知らずの他人であった一人のポーランド人の軍曹の身代わりになって餓死刑を受けて死んだ人である。

そして或る日我が家に現れた坂谷神父は、私にコルベ神父の生涯を連載で書く仕事を命じた。一九七一年頃のことである。

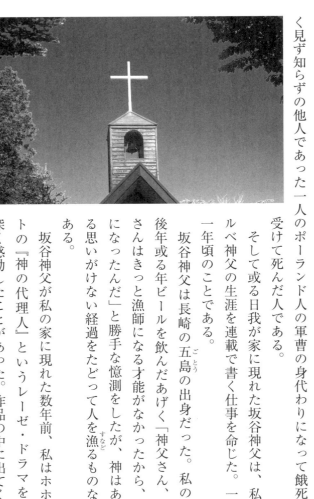

坂谷神父は長崎の五島《ごとう》の出身だった。私の夫は、後年或る年ビールを飲んだあげく「神父さん、神父さんはきっと漁師になる才能がなかったから、神父になったんだ」と勝手な憶測をしたが、神はあらゆる思いがけない経過をたどって人を漁《すなど》るものなのである。

坂谷神父が私の家に現れた数年前、私はホホフートの『神の代理人』というレーゼ・ドラマを読み、深く感動したことがあった。作品の中に出てくる神父は、自分のパスポートを一人のユダヤ人に与え、その代わりに彼の胸にあったダビデの星を自分の胸につけて、彼の代わりに強制収容所に引かれて行くのである。そのモデルが実はこのコルベ神父だったのである。

「友のために自分の命を捨てること、これ以上に大きな愛はない」(「ヨハネによる福音書」15・13)はさりげない一節だが、私はこの言葉を知ることによって、生涯決して自分が思い上がらずに済んだわけだ。

私をはじめとする多くの人々は、友を見捨てることによって、自分の命を永らえる。いずれは死ぬ命だと分かりつつ捨てられないのである。そしてそれを「当然」と思う。しかしコルベ神父は十四日間も水一滴与えられない餓死刑室の苦しみに耐えて、一人の命を救った。しかしそのような大きな犠牲さえ、その一家の不幸を救うことにはならなかったのだが、そのことについてはまた後で述べる。

ヴァチカンはこのコルベ神父を、「福者」と呼ばれる「聖人」の一つ手前の段階にする作業を終わった後であった。それにはコルベ神父の名においてなされた明らかな二つ以上の奇蹟があったはずである。私は軽薄なジャーナリスティックな興味からも、我々が信じ難い奇蹟というものの実情にも触れるつもりだったので、連載の題を『奇蹟』とした。

イタリアやドイツやポーランドのアウシュヴィッツへの取材が、私の心理に及ぼした影響は決して小さいものではなかった。アウシュヴィッツを初めて見た直後、ようやくローマまで辿り着いた時、私は急に自律神経の失調症になっており、脈の結滞に悩まされるようになった。

連載が開始されたのは、一九七二年の一月号からであった。とにかくそれを契機に、私は坂谷神父という、豪快にして緻密《ちみつ》、浮世のでたらめを十分に許しながら、我々信徒の迷妄《めいもう》を率いて行ったまさに偉大な羊飼いのような人柄に、長い年月触れることになったのである。

私の五十歳は激動のうちに過ぎた。

私は生まれつきの強度近視のために、常に物事を茫漠《ぼうばく》とした形でしか見ていなかったが、私の作家生活の決定的な障害となったのは、若年性の後極白内障《こうきよくはくないしょう》だった。この異常に若く始まった白内障は、ストレスと眼の使い過ぎから起きた中心性網膜炎《もうまくえん》を早急に治すために、直接に眼球に打ったステロイドの注射が原因かとも思われた。盲人ではなかったが、私の視力は既に読み書きはできないほどに落ちていた。転職をして鍼灸師《しんきゅうし》になろうかと思ったのは、その頃のことである。

一九八一年、五十歳の誕生日を迎える直前に、私は両眼の手術を受け、突然生まれてから見たことのないほどの視力を与えられた。

私は、感動のあまり、食欲を失うほどであった。その感謝をどう扱っていいかもわからなかった。私は自分の視力回復のために、特別に働いたのでもなく、高額の医療費を払ったのでもなかった。ただ私の受けた手術には、超音波を使って、不均一に白濁した水晶体を破砕《はさい》して吸い出すという、当時としては先端的な技術が必要だった。生まれつき強度の近視の眼球の構造は、その場合役に立った。私は眼内レンズの必要さえなく、裸眼で暮らせるほどの視力を得たのである。

私は運命に対する感謝を示す方法を知らなかった。ドクターは手術をすることが唯一の「楽しみ」のような方だったし、入院した病院の関係者にも私は特別のお礼もしなかった。私はただ与えられた眼を、残る人生で少しは他人のために使わせてほしいと願った。

大学時代、私の同級生だった修道女は、私の言葉にならないほどの貴重な幸運を、むしろ気楽に受け取ったらいいのだと忠告してくれた。私の眼の手術の結果は、父なる神からの贈り物に他ならない。私たちは現世の自分の父親から「いいことをしてもらった時に」いちいちお礼をしたいと考えたりするか、と彼女は言った。「ほんとうにそうだ」と私は思いながら、しかしそれでも私は受けるだけというのは、あまりにも恩知らずなような気がした。

その頃、私は坂谷神父を東京の修道院に訪ねたことがあった。中を案内してもらっていると、向こうから、裾《すそ》の長いフランシスコ会士の修道服を着た人が、長い廊下をゆっくりと歩いてくるのが見えた。つい先年まで、半分盲人のような生活をしてきた私には、一目でその人が視力障害者であることが分かった。

坂谷神父は勘のいい人で、小声で素早く、その人はほとんど視力がないのだと言い、その修道士が近付いた時、神父は私を紹介してくれた。

私は彼と握手した。「この人がコルベ神父の伝記を書いた人だ」と神父は私のことを説明し、私たちは二、三分立ち話をして別れた。

その後で、神父はこの修道士の過去の苦しみを語ってくれたのである。

この人は、若い時からやがては全盲になると思われる遺伝的な眼病を自分が抱えていることを知っていた。この病については真綿《まわた》で首を絞《し》められるような苦しみだと言った人がいる。今はこの世の光を見ていられるのに、いつの日かそれが閉ざされる日が必ず来るということを前もって知らされるからである。

しかしこの人に関する限り、そのような普通の人間の足掻《あが》きは見られないように見えた。彼はその運命を甘受《かんじゅ》し、十字架上で死んだ主の苦しみに少しでも与《あずか》るために、自分が視力を失う日が来ることを心待ちにしている、とまで言った。

私は幼い時からシスターたちの世界で育ち、こうしたカトリック的な発想に慣れてはいたつもりだったが、視力を失う日を待つ、という表現には、改めて衝撃を受けた。私はもし手術に失敗して、今ある程度の視力さえも失ったら、それは生きながら墓に埋められることのように感じていたからである。

「それで……」と私は坂谷神父に言った。

「あの方は、今は完全な盲人のように見えますけど、ずっと主の苦しみを分け持っておられるのですか」と私は尋ねた。

たった一回だけ、その心の平安を失ったことがあるのだ、と神父は穏やかに言った。ローマでコルベ神父の列福式に出席するために、長崎からも信者たちの巡礼団が出た時、この修道士もその中の一人に選ばれて、期待に胸を膨らませて日本を発った。ローマに入る前に、イスラエルなどの聖地を歩く予定の旅行である。その途中で一回だけ、彼は我を失いかけたというのが坂谷神父の解説だった。

聖地ではガイドが「右手に見えるのがイエスが人々に説教をなさった丘で、左手に光りながら見えて来たのがガリラヤ湖です」というような説明をする。それを聞いているうちに、かねて覚悟してきたつもりだったのだが、どうして自分にだけは他の人たちが見えるものが見えないのだろう、という厳しい現実に我を失いかけた。

「もちろん、あの人は祈って、すぐ自分を取り戻したんですよ。ローマに着く頃には、巡礼と列福式の旅に参加できたことを、心から喜ぶ心境になっていたんです」

神父はできるだけ簡単に言おうとしているようだった。それは私たちの間の一種の礼儀だった。人は、誰もが神とだけほんとうのことを語る。人間の思いを完全に知るのは、実は神だけなのだ。

だから周囲の人間が余計な解説を付け加えるのは、むしろ非礼に当たる。この思いがあるから、私もまた他者については、軽々に書いたり語ったりしないという心境になった。つまり人間は他人のことを、決して正しくは知ることはないからだ。

しかし修道院の廊下で、この方に会ったことは、私に大きな心の変化を与えた。私は自分が視力を得た幸運について、「お返し」をしたいと願っていたが、その方法が見つかったような気がしたのである。

私は盲目の人たちと、聖地巡礼の旅をしようと思った。私は少し新約聖書の勉強をしたが、イスラエルに留学したこともなく、到底ガイドは務まらない。しかし眼に見えるものを、素早く口で描写することはできるし、多分うまいだろう。

私自身、目の手術を受ける前は、ヨーロッパの有名な教会に行っても、高いところにある壁画や丸天井に描かれている絵などをはっきり見たことはなかった。その不安ともどかしさを、いつも助けてくれたのは夫だった。だから私は視力障害者を助ける方法を、少しは知っていたのである。そしてこういう途方もない夢を思いつかせ、実行に導いてくれた生みの親は、あの盲目の修道士だったのである。

一九八四年に、私は応募して来てくれた総勢八十三人と共に、初めての試みの旅に出た。旅の目的を聞かれて、私は「皆で一緒に海外旅行で遊ぶことです」と答えた記憶があって、それは決して嘘ではない。まだ障害者が海外旅行に出るなどということは、できないと思われていた時代だと思う。私は気負って、聖書を勉強しに、とも、信仰を深めるために、とも答えられなかったのである。

聖書の研究者にとって、聖地は「第五の福音書」と呼ばれる。新約の福音書は四つあるのだが、聖地そのものが第五の福音書に当たるほど、多くのものを語ってくれるということである。だから誰にとっても、聖地旅行が強烈な印象を残すであろうことは、想像に難くない。

しかし中には、私のような怠《なま》け者もいるだろう。せっかく旅に出てもノートも取らず記憶も悪く、居眠りばかりしていて、何のために高いお金を払って行って来たのか分からない人も必ずいるはずだ。

しかしあらゆる人が、楽しく過ごすこともまた偉大な事業なのである。

私は障害を持つ参加者と、お世話をするつもりのボランティアとから、旅費として同じ金額を取ることを提唱した。これは後から見ると、かなり適切なやり方で、そのためにこの旅行が、結果的には二十三年間にわたって二十三回も続いたと言ってもいい。

一人で参加する人のために――事実そういう人が多かった――旅行中私たちは、入浴や食事の介護をしたのだが、旅行社の中には、入浴一回を手伝うことに関して、障害者が手伝ってくれる人にいくらを払う、という制度を作ったところもあるらしい。しかしこれが後で問題の種になるのである。

つまり特定の金額を払ったのに、扱いが悪かったということがクレームの種になる。しかし最初から善意の介護なら、サービスを受ける側も不平を言わない。奉仕をする方も、役に立つことを喜ぶだけである。

もう一つは、障害者に対する基本的な姿勢の問題であった。私たちの取ったやり方だと、つまりどちらにもハンディキャップを認めないのだ。全く平等なのである。

その代わり障害者も、旅行の苦労に耐えてもらう。気のきかない介助者にぶつかっても我慢してくださいということだ。それが世の中というものだからだ。障害者に限ってそのような苦労をしなくていいということはないのである。

当時の他社のツアーにも、こういう企画はあまり見られなかったので、私は出発前の明け方に目覚めると、眠れなくなることがあった。もし障害者が二十人応募して来て、ボランティアが十人しかいなかったらどうしようか、ということである。

しかしこればかりは、私がやきもきしてもどうにもならないことだった。そして不思議なことに、この人数の調和だけは、二十三回の旅行の間で、一度も窮地に立たされることはなかった。神がその都度、どこかで秘密の調整をしているとしか思えなかった。

もちろん盲人自身は、晴眼者《せいがんしゃ》よりはるかに五感が鋭い。今、自分がどのような土地を歩いているかは、気温、風の匂い、大地の足触りなどで、かなりよく感知している。しかし寄り添って歩く人との何気ない会話からも、さらに複雑な側面や事情を感じ取るだろう。だからそこにいる人は誰もが、貴重な情報提供者になるのだ。

参加者は、障害者とそれを助けるサポーターの二種である。もちろん自分のことだけは自分で出来ます、という人も、積極的に働けなくても、お食事の世話だけはさせてください、と申し出てくれた人もいた。

私は最初から、この旅行には精神的な核になる指導者がいなければ成り立たないと分かっていた。イエスの世界はもともと牧畜民の土地である。イエスもよく牧者に例えられる。羊飼いのいない羊は群れとして現実に動けない。五十万円近くのお金を払い、中には「一生に一度」の思いでこのイスラエル旅行に出てくる人に対しても、私はやはり精神的な収穫を十分に持たせてお帰ししたかったのだ。

私は坂谷神父に、この旅行の指導司祭になってくださることを頼んだ。忙しい方を二週間近い旅に呼び出すことは至難の技であったが、坂谷神父はそれを引き受けてくださった。そしてこの現代版モーセの存在によっても、障害者の聖地巡礼というシステムは確立したのである。

# 第9章　現代版モーセとの旅Ⅱ

視力障害者と外国旅行をするということは、今の時代なら特別なことではないだろうが、今から三十年前には少なくとも私はそれに関するノウハウを持ってはいなかった。ただ人間には、恐らく太古の昔から、人が失った機能を、他人が助けるにはどうしたらいいかという、本能の埋蔵はあるだろう。私はその存在を漠然と信じていた。だから素朴でいいから、考えて工夫しつつやればいいのだ。その際にも、私が採った晴眼者《せいがんしゃ》も盲人も同じ旅費という制度は、必要欠くべからざるものであった。

最初の出発の日、旅行社が成田空港の特別待合室を取ってくれた。会社としては事前に個々の質問に答えてくれていたのだろうが、主催者の私は説明会も何もしなかった。何しろ私は今よりはるかに忙しかったし、私は昔から、バザーでも慈善音楽会でも、するのはいいが、そのために関係者が何度も集まって相談をするというようなお祭り騒ぎめいたものが好きではなかった。

みんな生活に忙しいのだ。一番大切なことは、その日の生活を成り立たせることだ。働きに外へ出るにしても、私のように(或いはレオナルド・ダ・ビンチのように⁉)仕事場で一種の職人的仕事を継続するにしても、みんな忙しいのだ。世の中のことは、できるだけ時間を削って、効率よく目的を果たすことが必要だ。

要介護者とボランティア、それに「一人で何とか自分のことは自分で出来ますが、お助けすることまではどうも……」組とが、初めて実感を持ってそこで顔を合わせたのである。

私はその旅行だけでなく、「できるだけ何気なく」世の中のことをやりたかった。おそろいのTシャツを作ったり、グループの名前を作ったりすることを恥ずかしいと思う癖があった。そこに集まった人たちは、年齢も職業も違う。表向き少しずつ程度の違う障害があるというだけで、銀座を歩いている人と全く変わりない「烏合《うごう》の衆《しゅう》であること」が望ましかった。それが社会というものの持つ健全さ、偉大な凡庸性《ぼんようせい》だったからだ。

個人情報を漏らすも何もない。主催者は障害の程度をはっきりと当人の口から聞いておかねば、第一日目から手当てができない。予備調査ができていたから、すぐにその日、特別待合室で介添《かいぞ》えをする当番の名前が発表された。誰が相手だかわからないから、手を挙げてお互いに「どうぞよろしく」とやるのである。それだけでもう一体感というか、大袈裟《おおげさ》に言えば運命共同体の一員という感じになってくる。

第一回目の時の参加者だったかどうか実は確信がないのだが、私の知らないところで、素晴らしい助けあいは既に始まっていたのだということは後から知った。参加予定者は、すでに配られていた旅行ノートのようなものの名簿の頁《ページ》で、各人の住所も電話番号も知っていた。こういうことは、今では絶対にできないことだという。

或る北海道住まいの女性は、同じ北海道からの参加者の一人が盲人かどうかを、旅行社に電話で問い合わせた。そしてその人が全盲だと分かると、近くの駅で待ち合わせ、その人を成田まで連れてくることから引き受けていた。私は何も知らなかった。二人は既に知己《ちき》の仲だったのである。

私にとってみれば、すべて意外な顔ぶれであった。年齢もまちまち。女性の方が多いことは当然だったが、どうしてこの方が、この歳になって「イエスの足跡を辿る」旅に興味を持ったのかと思う人もいた。

団長の坂谷《さかたに》神父の挨拶と旅の安全を祈る祈りがあった。カトリック信者でない人もたくさんいたが、その人たちの中には、そこで初めて人生でも旅でも安全を握るのは、決して自分だけでなく神の力もあるのだから、それを素直に頼めばいいのだ、と分かった人もいただろう。

待合室から出国手続きをする空間まで移動する時に、すでに私たちは或る程度の自立を言い渡されていたのかもしれない。何番ゲートから飛行機が出るということも、そこへの到達方法も、大体は教えられていたが、現実は手をつなぎ合う二人組の力に委《ゆだ》ねられていた。

後でわかったことだが、現実には視力を持つ人より、盲人の方が注意力においてすぐれていることはしばしば実証された。「この角を、さっき右へ曲がりましたよ」などと、盲人に教えられるのである。盲人は近くにいた人の会話の片々《へんぺん》を聞いており、時には匂いなどからさえ、それがどこだかを冷静に記憶しているのである。

そしてそういう事実を知らされるだけで、私たちはただ相手の個性をこの上なく面白く評価するようになり、人間の優劣などというものは、決して簡単に分かるものではない、と思うようになるものだ。

飛行機に乗って間もなく、私はグループの中でも高齢者の中の一人と思われる単独参加の紳士から、意外な打ち明け話を聞かされた。

その方は、確か七十代の後半の年齢で、珍しいギリシャ正教徒だった。カトリックに加わってうまくいくかな、と初めはちょっと心配していたのだが、もうその心配はなくなったという。なぜなら、その人は、新しい自分を発見したからであった。

自分の年齢を考えると、彼は旅行に行けば、自分は介助される側だと思い込んでいた。別に行動に不自由はなかったが、何しろ年である。待合室で「田中さんには佐藤さん、高橋さんには山本さん」式に、今日の「相方」が発表された時には驚いた。この人は、介助をする側として名前を呼びあげられたのである。

ということは、事前の調査でも、健康は良好となっていたのだろうし、成田で実物（実像）を見た瞬間から、ベテランの添乗員には、この人は介助するどころか「手助け手」に廻ってもらって大丈夫だ、という判断ができたのだろうと思う。

そうなのだ。人は見た目を信じてはいけない、ということも本当だが、一方では信じてもいいのである。どちらかに決めるところに、無理と硬直の愚が発生する。

その人の旅の祝福はこうして、金を払って働く側に廻らされた、という矛盾から発生した。普通、唯物的《ゆいぶってき》なものの見方をすると、金を出したら働かないのが当然、どころかサービスを受けるのが当たり前で、働いたら損をするのである。しかし聖書には、初めから逆のことが書いてある。

「受けるよりは与える方が幸いである」（「使徒の言行録」20・35）

しかし、現代の行政も教育も、この点を全く考えていない。洪水や大雨のたびに、最近では早めに避難所に行くようにと指示が出されるようになって、それはいいことだが、その避難所の光景をテレビで見る度に、私はあまりいい気分にならない。

動けない高齢者なら当然だが、まだ何とかなる人たちまで、そこで漫然と座っている。夕飯の支度《したく》はどうなっているのだ？　この分では炊き出しもしなくて済むのか？役所がパンやおにぎりを配り、毛布まで運んでくれることを当てにしているように見えてならない。

母たちの時代、そんな無能な年寄りはいなかった。避難する時には、自分で自分が必要とする最低限のものを担《かつ》いでいくのが人間の所作だった。

今でもその原則は変わらない。アフリカの難民は皆、持てるだけの荷物を持って長い道のりを歩いている。日本だって同じだと考えないのは、金持ちの思い上がりだ。

難民たちはその日どうやら寝る場所があれば、そこで誰もが自分にできることを働き、足りない時は持参の食料を分けて食べ（これは日本では誰もがやっているだろう。しかしアフリカなら、隣に寝ている難民からなけなしの食料を盗む場合だってあるだろう）、非常時だから布団や毛布がなくても寒さや暑さに耐えるのが当然だと、日本でも昔は考えていた。避難所は無料の簡易ホテルとは違うのだから、不便で当然。本当はごくわずかでも、払える人は使用料を払って当たり前だと私は考えている。

しかし人は誰でも働かせねばならない、という理論に一方的に傾くとまた不備が出てくることもあることを、私は旅行中に教えられた。

或る年、グループの中に一人の中年男性の単独参加者がいた。深い教養も文学的才能もある人で、私はその母という人から人生の生き方の一面を強烈に教えられたことがあった。

久しぶりにこの巡礼の旅で会ってみると、彼は健康そうに見えたが、車椅子を押すなどという力仕事もしなければ、足の不自由な老人を支えて歩くこともしなかった。

誰も表立っては言わなかったが、中には数人「あの方は、男手で力もあるのに、なぜ何もしないんでしょうね」と私につぶやいた人もいた。

私は旅の途中で、彼から、自分は痛風《つうふう》があって、その痛みで思うように動けないのだということを打ち明けられていた。

世間は昔から痛風という病気に対して寛大ではない。「美味しいものを食べ過ぎるとなる病気なんじゃないの?」という程度の知識を持っている人さえいる。そしてその人が痛みに耐えているのだということはあまり考えない。私もまたよく事情を知らないままだったが、もしその人が食生活の不摂生の故に痛風になったとしても、多分彼は、偏《かたよ》った食生活によって気分を紛らわさねばならないような家庭生活上の問題を長年抱えていたのかもしれないのである。

しかし総じて、この旅行では病気が善い方に向かうという不思議な結果が出ることが多かった。それを奇跡的という人もいたが、私はその言葉を使うことを避けたい。ただ人は痛みが紛れて、楽しさが加わると、優しい気分にもなれて、その結果思わぬ力も発揮するらしいのである。

その一人が、車椅子の或る女性だった。私は同行者に怪我や病気について気軽に訊《たず》ねる時もあったが、長くそのことを記憶しないようにしていた。何にせよ、他者の私生活に深くかかわることは、私の好みに合わなかった。だから私はこの人の障害の原因も程度もよく知らなかったのである。

私たちの旅行は、約一週間ほどでイスラエルの各地を回り、その後、ローマに出て、教皇の合同謁見《えつけん》の式に出るというスケジュールを取ることに決まっていた。ローマまで行けば、聖フランシスコの出身地だったアッシジもバスで数時間の距離である。その後に南フランスの聖地・ルルドへ行く年もあったし、アウシュヴィッツで他人の身代わりになって餓死刑を受けたマクシミリアノ・マリア・コルベ神父縁《ゆかり》の地を訪ねて、ポーランドを巡る年もあった。

イタリアのウンブリア地方の特徴をよく見せてくれるアッシジに泊まるのが私は好

きだった。穏やかな自然に恵まれた土地で、当時はまだ元気だった夫の父のことをよく思い出した。舅《しゅうと》は八十代だったが、外語のイタリア語科を出て、生涯、ダンテの『神曲』の翻訳に携《たずさ》わった。私は舅もここへ来ればいいのに、とたびたび思ったが、実は舅はイタリア語の専門家でも、ミルクも飲まない、チーズも嫌い、ワインもだめという明治人で、アッシジなど別に来たくもなかったかもしれない。

ほかのことはアッシジのすべてが好きだったが、私は間もなくここにはたった一つの難問があることを知らされた。難問のない人生などないのに、である。

それは聖フランシスコ大聖堂と呼ばれるバジリカの地下にある聖人のお墓の上のチャペルでミサを立てた後、車椅子を持ち上げる時であった。最初は盲人のための聖地巡礼だったこの旅行には、その後、歩けない人たちも参加するようになって、必ず何台かの車椅子を動かすようになっていたのである。

聖フランシスコ大聖堂は何世紀に完成したものか正確には知らないが、地下のお墓から地上階に上がる湾曲《わんきよく》した古い石造りの階段は、表面はつるつるになるほどすり減り、もともと幅は狭く、蹴上《けあ》げは高く、とにかく車椅子の脇に女性なら二人ずつがついて持ち上げる作業には、怖ろしく不向きにできた難関だった。

毎年やっているのだから、どうにもならなかったことはないのだ、と私はいつも自分に言い聞かせたが、私はミサの間中、この「持ちあげ作戦」のことを考えて、祈ることもおろそかになるほどだった。

しかし車椅子の障害者がいてくれたからこそ起きる奇跡に近いものが、毎年のように起きた。その階段の下で私たちの非力なグループが塊になっていると、必ずどこからともなく異国人の男性が現れて、にこやかに、しかも一言も発せずに、後ろのハンドルを摑《つか》んで、ほとんど彼一人の力と言っていいほどの働きで、この困難な湾曲階段を押し上げてくれるのだった。そして彼が何国人か、せめて何語で「ありがとう」に当たる言葉を言ったらいいか分からないうちに、その人はいつも聖堂の静寂を保つ群衆の中に消えた。

このような人が、毎年現れるのである。坂谷神父はその人のことを「守護の天使が人間の姿をして来てくれる」という言い方をした。

もっとも私はこう口で言うほど、車椅子の人を案じていたわけではないことが或る年明らかになった。私は一人の車椅子の女性に、

「あの階段、後ろ向きになって、一段ずつお尻から上がってみない？」

と囁《ささや》いたらしいのである。つまり私は、そんなことをその人に要求できるほど、彼女の障害は軽くはないことを、よく理解していなかったし、もしかするとボランティ

アとして手抜きをしたかったのかもしれない。

しかしこの人は、私のちょっとした支えだけで、両腕を使い、胸を石段にすりつけ、ほとんど泳ぐようにしてこの階段を九〇パーセント自力で登り切った。そして最上階に上がり着いた時、彼女は子供のようにVサインをした。

彼女は帰国後、主治医の診察を受け、どこでどういう療法をしてここまで機能の回復を図ったのか、と聞かれたという。ごく常識的な答えをすれば、それは（知らなかったとはいえ）私の無謀な要求に対して、彼女が応えようとしてくれた優しさがきっかけだった。しかし坂谷神父の「神様は必ず助けてくれる」という言葉がなかったら、彼女は石段で水泳をする気にもならなかったであろう。

旅に出て一週間目くらいに、或る婦人から「ちょっと二人だけでお話ししたいんです」と言われたこともあった。昼御飯の後、私が戸外のベンチを選んで座ると、この人は「実は私、眼が見えるようになってきたんです」と言った。初めから全盲とは思っていない。しかし病名は分からないが、「要介護」の強度の弱視者としてこの人は登録されていた。

その時私は彼女に答えた。

「ねえ、今あなたが見える人になると、名簿の書き換えが面倒なのよ。旅行が終わるまで、見えないことにしておいてくださらない？」

介護者は毎日同じ人と組まないように、添乗員は工夫をしてくれている。サボることの好きな私は、そのことを言ったのである。

私たちはその後旅が終わるまで、秘密を共有した。そしてお別れの日に私は彼女の耳元で囁いた。

「嘘つき！」

もちろん私たちが二人で嘘を共有した、という思いからであった。

# 第10章　星を見た人

長崎五島《ごとう》列島の坂谷豊光《さかたにとよみつ》神父を精神的中心とするイスラエルなどへの「聖地巡礼の旅」は、視力障害者、車椅子使用者などを、健康な人が支えて行く旅であったが、現在だったらとうてい成立しないものだったろう。個人の秘密情報保護などという、非常に不自然な規制が心理的縛りを掛けて、現実を動かさないのである。

何度目かの旅行の時、旅行社から私に、事前の一通の連絡の電話が入った。

「実はお一人、お客様の中に何度もお電話かけてくださる方がありまして……」

その人が車椅子であることは、別に問題ではない。ただその女性は何らかの理由で、医師から、今そんな外国になど行くのは無謀な限りだ、と言われているらしいのである。しかし本人は「死んでもいいから行きたい、と言っていらっしゃるんですが、どうしたもんでしょう」というのがその趣旨であった。私はほとんど迷わなかった。

「ご当人が死んでもいいから行きたい、と言っていらっしゃるなら、いいんじゃないですか?」

私はいつの場合でも、誰に対しても、それが大人で正当な判断をする人の決定は、それに従うのが基本的に好きであった。それにどんなことが起きようと、この世でどうにもならなかったことはない。当時既に、世間には、臨終《りんじゅう》に近い人は花見に連れて行け、食べたいものは食べさせなさい、と言った手のコンセンサスが出来ていた。

話は横へそれるが、或る年、私の知人が東京の聖路加《せいろか》国際病院の緩和ケア病棟に入院した。もちろん当人も賢い人で、自分の病状を十分に知っていた。

或る日、私が見舞いに行くと、病人はそわそわしている。息子が隅田川の桜を見にドライブに連れて行ってくれるのだ、という。

「それまでに、その点滴、終わるの？」

と私は尋ねた。

「ううん、ここじゃ、息子が来たらその段階で点滴止めてくれるのよ。お花見の方が大切だから」

と彼女はちょっと笑った。

そういう判断が出来てこそ、人間を最期に送り出す場所だろう。後年私が働いていた日本財団の子供財団である日本音楽財団は、二十梃《ちょう》近いストラディバリウス（ヴァイオリンの世界的名器）を持っていて、世界中の有望な若手バイオリニストに無償で貸与していたが、その見返りに、年に一度ずつ、財団の一階ホールで、無料の演奏会を開いてもらっていた。

だから東京中に書類をオートバイで配送している会社の若者などが、合羽《かっぱ》の雨滴を垂らしながら駆け込んで来て、その音楽会を途中からでも聴きに来てくれていたのである。普通の音楽会と違って、私は途中から静かに入ってくる聴き手を、締め出さない方針だった。人はそれぞれの厳しい生活の中で生きている。その音楽会に、私は聖路加病院の緩和ケア病棟の患者さんを招くことを提案したことがある。

あと数日でだめかもしれない患者さんも、いささかの気力さえあれば、車椅子のままストラディバリウスを聴ける。コンサートの途中で呼吸が止まっても、私も日本財団の職員も多分少しも騒がないだろう。そのままそれとなく退場して、最高の死の瞬間を迎えた人を、病院の付き添いの手に渡すだろう。私の最も尊敬する一人の法医学者は、或る日、妻や娘に囲まれながらベートーベンの「田園」を聴きつつ息を引き取ったのである。

もう一つ私には、忘れられない光景がある。

或る年私はローマで、「場外の聖パウロの大聖堂《バジリカ》」と呼ばれる教会に行った。特にダヴィンチやミケランジェロの作品があるというわけでもないので、通俗的な言い方をすると、あまり人気のない地味な教会である。

しかしその日は駐車場に、信じられないくらいの数の観光バスが止まっていた。大聖堂の中は薄暗いが、人でいっぱいだった。しかもその「人」が普通と少し違っていた。ベンチに寝かされた人、毛布で包まれている子供、たくさんの車椅子。その間に修道服の修道女たちと、二、三十人の民間人。それらの「異様な人々」が大聖堂の中で、一斉に祈りを唱えていたのである。

私は同行者より早めに外に出た。すると私の仲間の一人が「もうびっくりしました」と言いながら出て来た。その人は薄暗い大聖堂の中で、車椅子の一つの座席の部分に、布でくるんだ人形が置いてあるのを見た。それにしては精巧な人形だと思って覗《のぞ》き込んでいると、その人形が口を開いて、祈りらしいものを唱えた。彼は、それが生きている子供だと知って腰を抜かさんばかりに驚いたのである。つまりその子は、少なくとも両足がない、もしかすると両手もないので、おくるみにくるんでも、車椅子の座席に斜めに置くことができたのだ。

私はこのつきそいの人たちはどういう人たちか、尋ねたい思いに捉《とら》えられた。外で待っていて、シスターたちに声をかけたが、イタリア語しか通じない。それでも少し粘っていると、やっと英語を喋る人にめぐり会った。

この修道会は（あまりびっくりして、私は修道会の名前も所在地も聞き忘れたのだが）、病人を希望する聖地に運んで、そこで祈りたいという望みをかなえる仕事だけをしているのだという。彼女たち自身が看護師らしかったし、医師も数人。ほかにただ力仕事をするだけのボランティアもいる、という。

何しろ言葉の障壁があるので、それ以上は聞けなかったのだが、私はこういう宗教的なグループ、つまり修道会があることに、イタリアの底力を感じた。日本だったら、世間を怖《おそ》れ、世評を気にして、まず誰もこういう危険を孕《はら》んだ企画を思いつかない。もし途中で患者が死んだら誰が賠償し、訴訟にでもなったら誰がその費用を払うのですかという言葉しか思いつかないのである。

しかしイタリアでは、その人を喜ばせ、その人の生涯に輝かしい思い出を残すことに手を貸すことが、何よりの光栄であり、仕事の手応えだと感じる人たちがいる。

死んでもいいから行きたい、と言って参加してくれた女性は、しかし少しも周囲に心配を抱かせなかった。日毎に彼女は持ち前の闊達《かったつ》な魅力で周囲と溶け込み、若い女性たちのグループの中心人物になるようになった。そしてその頃から、私は毎朝密かに特別の挨拶を彼女と交わすようになった。

「おはようございます。まだ生きてますか？」

「はい、生きてます！」

別の日はまたもっと危険な挨拶だった。

「おはようございます。まだ死なない？」

「まだ死にません！」

もちろんこういう非常識な言葉づかいは、ユーモアを受け止める相手の賢さを信じ、そこに神の祝福を見つけられる確信を密かに持ち合える間柄でなければ交わし得ないものだ。

旅行の終わりまで、彼女は車椅子の人ではあったが、健康人であった。そして旅行後の検診で、私は彼女からすべての数値において快方に向かったという報告を受けた。こういう現実はどういうふうに解釈したらいいのだろう。

人間の歓び、それも周囲にいる多くの人の存在から受けた上質の刺激の合作の結果とも言うべき幸福感のせいだということは簡単だ。しかし医学を無視してそんなことを言うのもまた非礼であろう。

当時の私は、まだ両足の骨折を体験する前で、いっぱしの力仕事もできる自信を持っていたのだが、私より十歳、二十歳年上の世代は、国内旅行もそれほどしていない。時代が悪かったり、戦争で配偶者を亡くし、女手一つで子供を育てなければならなかった世代は、日本国内の温泉に行くことさえままならなかったのである。

そのような人たちが、いくらイエス様のお生まれになった土地だとは言え、遠くイスラエルまで行くなどということは、冒険を通り越した発想で、ほとんど決断不可能なものだった。その心理的な垣根を取り払ったのが、我らのモーゼにも似た族長神父・坂谷神父だった。

或る年神父は、長崎の原爆ホームから、一人の老婦人を連れて来た。その年九十二歳だったと思う。ちょうど神父の母くらいの年である。個人的な事情はついに聞かなかったし、その老女も、息子のような神父がいっしょでなかったら、決してイスラエルまで来る決心はつかなかったであろう。

私が今でも忘れられないのは、その旅で私たちがイスラエル南部の砂漠地帯に泊まった時のことである。観光客目当てにアラブ人が周辺にやって来て、ラクダに乗らないか、と勧誘する。その辺をぐるりと一周して、何ドルかを取るのである。

私はエジプトでかなり長い距離をラクダに乗らされて、それ以来まっぴらという気になっていたので、「私はけっこう」と苦い顔をしていた。全くラクダくらい揺れ方のリズムが合わなくて疲れる乗り物はない。

エチオピアでは、数百メートルもある台地を上がり下がりする急坂を歩くのを避けるために、仕方なく一日中ラバに乗ったが、その時私は知らずに軽い高山病と脱水症になっていた。その時の頭痛・食欲不振・微熱の苦しさだって、ラクダの揺れ方の不愉快さに比べればまだましだと思う。ラクダで砂漠を乗り切れと言われたら、「歩いた方がまだ『楽だ』です」と私は答えるにきまっているのである。

ところが族長神父は、その長崎の老婦人をラクダに乗せるという。私が呆《あき》れて見ていると、神父は同行した若い神父を鞍《くら》に同乗させて、後から老婦人の小さな体をしっかり支えさせ、二十分近くはかかるコースを無事一周させた。彼女も途中で降りたいとは言わなかった。

小さなことだ。しかし長崎で原爆に遭い、運命を狂わせ、恐らく健康も損ねたのかもしれないこの女性は、老年になってから遠いイスラエルの荒野まで来て、アラビアのローレンスのようにラクダに乗る経験ができるとは夢にも思わなかったろう。それはまさに想像もしなかった人生の展開なのだ。

冒険は、未来を知らない人間にとって、神からの偉大な贈り物なのである。それを知っていたのは、坂谷神父だったのである。

別の年に、私たちは四十歳代の筋委縮性側索硬化症《きんいしゆくせいそくさくこうかしよう》（ＡＬＳ）だという車椅子の男性を巡礼の旅に迎えることになった。たった一人での参加で、大学生の時に発病して以来、最近では視力もほとんどなくなりかけていた。

物静かな人がらだったが、たった一つの心配は、トイレが頻繁なことだった。幸いなことに当時日本財団は、若い職員を欧米以外の国への研修として、巡礼の旅にも職員を出してくれていたので、男手には困らなかった。

イスラエルは、ユダヤ教とキリスト教とイスラム教という、世界でたった三つの代表的な一神教を同時に学ぶことができる世界で唯一の国だったから、私は財団の若者を預かるのにさして気兼ねをしなかった。

その年、私は偶然、聖地巡礼の日程の中に、砂漠で放牧民《ベドウィン》のテントに泊まる企画を入れていた。今でも世界の人口のかなりの数は砂漠の民なのである。そして上記の三つの代表的な一神教は、すべて人間の生のきわめて困難な砂漠か、その周辺の荒れ地から生まれたのであった。だから私に言わせれば国際関係の基本を知るためにも、荒野の暮らしを知ることは、一種の基本的教養であった。

族長神父は、この企画を大変に喜んでくれた。もし個人が砂漠に泊まるとすれば、それなりに水や食料や夜の寒さに対する準備をしなければならない。しかしこのごろは、放牧民の中にも「商売気」のある企業家が出ていて、私たちのような先進国の旅行者のために、大きなテントを張ってアラブ風の食事も出してくれれば、トイレも一応清潔な別棟を建てていて、一種のホテル業を始めた人も出始めていたのである。

本物の砂漠の民は、その辺の自然の中でトイレを済ますのだが、旅行者数十人が一斉に近くで排泄《はいせつ》をしたら、後が不潔になる。だから近代的なトイレを作る方が、お互いのためなのだと私も納得していた。

都会型の日本人たちは、初めは少し緊張していた。私に事前に尋ねる人もいた。

「あのう、今晩泊まるテントは間仕切りがなくて、男の方もごいっしょらしいですけれど、どこで着替えをするんでしょう」

私は完全にイジワル小母《おば》さんだった。

「放牧民は着替えをしないんです。着の身着のままです。そのままごろりとお休みになってください」

「あのう、歯を磨くような場所や水はあるんでしょうか」

「清潔な飲み水は、旅行社が確保しています。しかし放牧民は歯なんて磨かないんです」

しかし現実にはトイレの洗面所で歯は磨けたのだと思う。

長い巨大なテントには、人間の居場所を示す敷布団兼用の長いマットレスが敷かれており、そこに座った我々の前に、焼肉とバターライスの一皿盛りの夕食が出される頃から、砂嵐が吹き出した。

私は皆に「旅行社に別料金は払いませんでしたが、砂嵐付きの特別サービス付きのコースにしてもらってあります」といった。幸いそれほど凄まじい砂嵐ではなかったが、ハリウッド製のアラビアを舞台にしたメロドラマさえ、砂嵐のシーンなしで作ることはほとんどないのだから、私たちが貴重な体験をしたのはほんとうだった。

族長神父は、夕食を食べ終わるとさっさとヤッケを着たまま眠ってしまったが、そのヤッケの色がたちまち分からなくなるほどに砂は積もった。そして財団の若者たちは、その夜、ALSの男性に気兼ねなくトイレに通ってもらうために、焚火の傍で交替で不寝番《ふしんばん》をする手筈《てはず》を決めた。

砂漠では車椅子は車輪が砂に埋もれてなかなか動かない。砂漠は、こうした近代的な福祉器具を全く受け付けないという過酷な土地なのである。しかし財団の男性たちは、生涯に初めて不寝番というものをし、これほど楽しく生きがいを感じたことはなかった、と言った。

彼らはテントの持ち主の放牧民のおじさんにコーヒーをご馳走になり、自分たちは適当に「悪魔の飲み物」であるウィスキーも飲んで、まさに値一刻千金《あたいいっこくせんきん》の砂漠の夜を満喫したのである。

砂嵐はまもなく収まり、翌朝族長神父は伸び伸びと背伸びをしながら言った。

「やっぱり日本人は布団がいいのよ。ホテルのベッドより皆ずっとよく寝ていたよ」

人気のない時を見計らうように、私はALSの男性に呼びとめられた。

「曽野さん、僕は昨夜、星を見ました。生きて砂漠に来て、星を見られるとは思いませんでした」

# 第11章　砂漠の流儀

旧約世代のモーセという人物を、信仰の面だけではなく一言で言い表すとしたら、どうなるだろうか、と私は時々考える。

そうだ「荒野の指導者」だ。私は本書の中で、私が発案者だった「障害者との聖地巡礼」の旅の指導司祭だった坂谷豊光《さかたにとよみつ》神父のことを「族長神父」というような呼び方をしてきたが、族長神父とはいかなる人物だったのだろうか。

日本人は、そもそも砂漠や荒野の指導者というものがいかなる存在か理解しがたい。砂漠や荒野の特徴は電気も水道もないことだ。三メートルも先が見えないほどの砂嵐がいつ来るか誰も天気予報で教えてくれたりしない。と言ったら、いつか若い人が、「どうして天気予報がないんですか?」と聞いた。

天気予報を人々に伝えるためには、まず最低そこに住んでいる人が要る。人が住まない土地で天気予報をしたって誰も聞かないからだ。しかも天気予報をするのに、複数の地点に観測のための設備が要る。それらすべてが電気で動く。電気もなく、人も住まない、そんな空間に誰も金を掛けて、そんな設備を作らない、ということを理解することのできない人がいるようになったのだ。

天気予報が周知されるためにも、最低限電気があって、住民がラジオだけは聞けなければならない。と言ったら、その若い人は「電気なんかなくたって、電池入れりゃラジオ聞けますけどね」と私に教えてくれた。

「あなた、その電池、どこから買えばいいと思うの？　砂漠には、店一軒ないのよ」

「だったら、コンビニ一軒建てたら……」

「でも人がいないんだから、誰も買いに来ないんだけど。あなたがそういう所に店出してくれる？」

「ううん、それはちょっと……」

あまりうまそうに見えない話は、人がやればいいが自分は嫌なのである。

つまり砂漠とか荒野とかいうところは、一切の予測の手がかりがないところなのだ。だから常に身辺に起きることは、想定外のことになる。そこで指導者というものが要るのだ。指導者は、その人独自の直感、知識などで群を導く方向を決める。砂漠では民主主義は成り立たない。データというものがないからだ。

「民主主義をやっていたら、現実問題として多くの人が死ぬ」と言うのは正しいのである。だからアルカイダやイスラム国のような過激な集団ができる。あれは基本的に、「砂漠の流儀」なのである。

しかしもちろんわが坂谷族長神父は、そんな方ではない。坂谷神父はただ、指導力があって、常に人生で真実を言う方だったのだ。

神父は一九三五年に長崎県五島市久賀町《ごとうしひさかちょう》に生まれた。十九歳で聖母の騎士修道院に入り、四年後にローマで終生誓願を立てた。二十九歳の時、ローマで司祭叙階《じょかい》。その後、日本で数少ない印刷物による布教を目的とする修道会の目的に沿って、『聖母の騎士』などの雑誌出版に携《たずさ》わる。晩年はカトリック系の老人ホームの園長を務めた。二〇〇六年七月十一日、長崎で帰天《きてん》。

聖地巡礼の旅の途中、或る年、私はローマで長く勉強しておられた坂谷神父に尋ねた。

「神父さま、このローマのバスって、乗車賃はいくらくらいのものなんですか？」

もちろん神父の留学はずっと昔だ。だから当時の運賃と比べることが目的だったのではない。多分チャリンコみたいな少年が、バスの外側にぶら下がるように摑まってただ乗りしているのを見たから、私はイタリア通の便利な人物がすぐ身近にいるのを思いついて質問したに違いない。すると神父は答えた。

「僕は知らないな。ローマにいた間にバス代なんて払ったことなかったから」
「えっ！　ずっと薩摩守《さつまのかみ》（タダノリ）ですか」
「ローマでは、スータン（キリスト教の聖職者が着る、くるぶしまでの長い上着）を着ていると、誰もバス代なんか取らないのよ」

すべての聖職者たちが無賃乗車をしているわけではあるまい。同じ神父でも、貧乏な神父とお金持ちの神父がいるのは現実だ。坂谷神父は多分お金がなかったから、素直にその経済的暮らしに準拠していたのである。

実は神父はよく気のつく方であった。銀行や商社に勤めても一流の社員になったろう。お金の感覚も、甘くはなかった。私はしばしば神父の企画による講演会に出たが、その直前までの神父の、会場や来訪者に対する気遣いの細やかさはただごとではなかった。

それでいて開会の十五分前になると、雲隠れする。どこか人にあまり見えないところで、ひたすら祈っているのである。運営の若者などが「神父さん、受付のあの箱のことですが……」などと聞きに来ても、返事もしない。つまりこの講演会が、安全に、神の心に沿うようなものになるためには、どうぞ守ってください、と祈っておられるのである。

人間ができ得る限りの手配はしました。しかし聞きに来る人の安全や、曽野綾子という講師が、かつて聖書学の泰斗《たいと》・堀田雄康《ほったゆうこう》神父から習ったことをきちんと伝えられますように、彼女をお守りください（彼女の頭を、講演の間だけでもよくしてやってください）、とも祈っていたはずだ。私自身がそう祈ってほしかったのである。

神父自身も、旅行を実に楽しんだ。景色に見とれ、同行者とお酒も付き合い、雑談にも加わった。イタリアなどでは食事の時、めいめいの前につけられた葡萄酒《ぶどうしゅ》の小瓶を、飲まない人たちは一斉に神父に献上に行くので、神父の前には瓶が林立した。神父は眼の見えない男性たちにも細かく注ぎにまわっていたのだが、空き瓶は必ず自分の前に持って帰り、全部自分が飲んだような顔をしていた。

或る年、聖パウロの書簡の研究を兼ねてトルコに行った時、添乗員は気を利かせて、海辺の魚料理屋での昼食をスケジュールに入れていた。肉料理の脂は太るから体に悪い、と信じている小母《おば》さま族には、魚料理屋は喜ばれる。添乗員はわざわざリーダーの坂谷神父のところにも来て、「神父さま、今日はたくさんお魚を上がってください」と言った。

運ばれて来たのは、イワシの油焼きであった。塩焼きという料理は、世界的には知られていない。海辺の人たちでも、魚は油で焼くか揚げるかする。

神父は一口食べただけで、イワシを食べなかった。

「神父さまァ、お魚食べないんですか？　長崎の人なのにィ……」

と若い娘が言った。

「こげん魚ば、猫も食べんとたい」

と神父はにこにこしながら言った。海辺であっても、料理するまでの保存技術が悪いと、魚はすぐ古くなるのだ。

しかしその時、私たちの中には、神父に説教しようとする猛者《もさ》もいた。たいていそういう時の勇者は小母さんだ。

「神父さん、でも、せっかく人が好意で出してくれたものなら、少し古くても我慢して食べて、おいしい、と言ったらどうですか。ことに神父さんなら、そうすべきでしょう」

私はこの言葉に対する神父の答えを記憶していない。もちろん神父は怒りはしなかったが、無理して魚を食べることもしなかった。長崎では、こんな魚は猫も食べないのだから。

貧しい都会生活者の私はもちろん、食べた。レモンをかければ、かなりのイカサマはごまかせる。ヨーロッパの生活に馴れた神父は、レストランが好意で魚を出したとも考えないだろう。レストランは商売で魚を供しただけなのだ。やや古い魚も混じっていたろうし、そういう魚なら、なおのこと、早く売ってしまいたいと本音では思っていただろう。

日本の料亭みたいに「店の看板の手前も古い魚など出せない」と仮に店主が思っていたとしても、板前かその手下の中には、いい加減な神経の男が必ずいて、捨ててしまいと言われたイワシもかならず調理済み材料の中に放り込むのがいるだろう。私は私で、このでたらめさに出会うために旅をしているところがある。

坂谷神父の特徴は、人からどう見られるか、ということをほとんど気にしなかった点にあるような気がする。人間もまた神の造物だから、極言すれば、「悪い私を作ったのは神のせい」なのである。しかし神は善を前提にした存在だから、その造物も、基本的には善である。しかしその部分を見せない人もいるわけだ。

丸々二十三年間、つまり二十三回、この巡礼は続いたのだが、その間、松下政経塾の若者たち、日本財団の若者たちが、数年間ずつ力仕事のためにボランティアに来てくれた。松下政経塾の若者たちは、旅行中、ときどき私が政治家は嫌だ、など口を滑らせたにもかかわらず、ほとんど全員が初志を遂げているように見える。

一人、交通事故に遭って亡くなった堀本宗《ほりもとたかし》さんは、直接の政治からは離れ、その後私と一緒に南米の旅にも来てくれたが、その後、活躍の地をカンボジアに見つけ、ずっと田舎に入って土地の人々のために尽くしていた。私が日本財団で勤めている間に、彼は一回だけ財団を訪ねて来てくれたが、その時は冬だったにもかかわらず、黄色い木綿《もめん》の衣をまとっただけの東南アジアの僧侶の姿だった。それからまもなく、彼はオートバイの事故で亡くなった。

私は初め、自分の職場である日本財団から、ボランティアの人手を出してもらうのは、申し訳ないように思っていたが、イスラエルという国は、財団の若者たちに、ユダヤ教、キリスト教、イスラム教の三つの一神教を、短時日のうちに肌で実地に覚えてもらうのに適した唯一の国だったので、私は財団の職員少人数に個人講義をするつもりで預かるようになった。

最近のイスラム国の台頭を見ても、こうした一神教社会の精神の理解は必要なことで、むしろその教養なしに国際社会で生きることは無謀なのである。

二十三年間、毎年参加したのは私一人、坂谷神父は病気で一年休んだが、その年以外の二十二回は、族長神父として群の先頭に立ち続けた。二週間、日本を空けるのは、私も大変。教区の司牧《しぼく》の任務を負う神父は、もっと大変なはずだった。家庭の主婦たちも、勤め人もそれぞれに、膨大な雑用をどうにか始末して、やっと出て来たのである。成田ではなんとなく「国を出るまでの忙しさ」が話題になる。

その中で、若者たちの中にいた坂谷神父も言った。

「僕も忙しいのよ。第一、このごろ株価が動いてるから、僕は毎日相場見なきゃならないから、ほんとうは、イスラエルなんかに行っていられないのよ」

「へえ、神父さんも株なんかやるんですか」

と若者の一人が右代表で尋ねた。

「ああ、やるよ。やりますよ」

ちょっと場が白けた。若者たちは、坂谷神父が自分の自由になる金も稼ぎたさに、株に打ちこんでいるのだ、と思ったようだった。

真相を知るまでには数日がかかった。私は何とかして、神父と株の関係を聞き出したいと思ったのだが、強情な神父は、そうそう簡単には「吐かない」という感じだった。

神父は、私にも名を明かさなかった一人の婦人の死後、かなりの遺産の株券をもらったのである。そのお金には、聖母の騎士修道会が預かっている若い神学生を育てるための生活費と教育費に使うという希望が託されている。だから坂谷神父は、この遺産を、常に株価の高い時に売って現金に換える任務があった。

「神学生は、何人預かっていらっしゃるんですか？」

「十六人」

その年は……ということであろう。

「うわ、大変。十六人、食べざかりでしょう」

皆、ほとんどが大学生だという。

「少し年食ってるのもいるけどね」

キリスト教では自分の罪を心で吟味することを「悔い改める」という。しかし修道院の食堂では常に「食い改める」ために、お代わりをしに立つ神学生が多いのも本当だと、年上の神父たちは言うのである。

この時の会話はそのままだった。神父は決して、世間に理解を求めたり、言い訳をしたりすることはなかった。その時、自分がすべきことは神の指図によるものであり、その方向が見えてさえいれば、誰にそれを説明することもなかったのだろう。

私に「人のことは書かない、言わない」という姿勢がますます固くなったのも、こういう出来事が何度もあったからなのだ。私は図々しい性格だから、坂谷神父に、「神学生を今は何人養っておいでなのですか」などと聞く。しかしほんとうの養い手は、神父でも株の贈り主でもなく、株の遺贈という形を借りた神なのだ、と神父は知っている。神は真理を人間に贈りたいのだ。ドラマの書き手はいつも神で、私たちは下手な役者を務めている。

私は一九九五年から二〇〇四年まで約十年間、日本財団で無給の会長職を務めた。今でも知らない人が多いのだが、日本財団の財源は日本国家の税金ではないということだ。日本財団はモーターボートの売り上げの中から、決まったパーセンテージの額を受け取るだけで、その額は国土交通省にはっきりと知られている。舟券は一枚が売れるごとに電気的に記録されるから、ごまかしようがない。

或る年、巡礼参加者たちが、その年に開く「同窓会」でモーターボートの競走場へ行ってみたいという。私は着任後、全国で二十四カ所あるモーターボート競走場にご挨拶には行ったが、まだ自分で舟券を買ったことはなかった。

バス二台分の参加者は、一応日本財団に集まり、そこから平和島に向かった。その移動用のバスは、私が代金を支払った。バスの中で日本財団の職員が、券の買い方を教えてくれた。その間に、私は夫の三浦朱門《みうらしゅもん》から預かった三万円の入った封筒をこっそり神父に渡した。

「朱門からです。今日の舟券はこれでお買いください。神父さまは教会のお金を賭け事に使ってはいけません。ですから、使えるお金は封筒の中の三万円だけです。しかしこのお金は、賭けのために差し上げるのですから、残して他のいいことになんか使わないでください、だそうです」

「わかった、わかった」

と神父は笑った。しかし皆が驚いたのは、坂谷神父が実に真剣に、場内でもらう新聞に目を通し、戦略を練って、舟券を買ったことだった。午後一時半になると、私は神父に言った。

「神父さま、時間です」

私は臨終《りんじゅう》の床にいる親友のために、坂谷神父にご聖体を持って、聖路加《せいろか》病院に行っていただくことを頼んであった。そしてその瞬間に、今まで真剣にレースの成り行きを見ていた坂谷豊光神父の顔を覆っていたモーターボートマニア風の表情が消えた。

車に乗り込んで、二人だけになったところで、私は尋ねた。

「それで神父さま、儲かりました？」

「八万円儲けた」

「三万円の元手で？」

私は呆れた。

「そう。朱門さんによくお礼言っておいて。実は修道院の樋《とい》がだめになっていて、ちょうど修理代に八万円が必要だったのよ。それが出ましたって」

族長はいつもその部族民のあらゆる願いを聞き入れなければならない。だから多分、神も人並みに忙しいのだが、神は決して申し開きなどしないのである。

# 第12章　不思議な発端

ここのところ四年ほど、毎年一回、昭和大学の形成外科のドクターたちに、アフリカのマダガスカルまで行って、貧しい家に生まれてそのまま奇形を放置されている口《こう》唇口蓋裂《しんこうがいれつ》の子供たちの形成手術をして頂くために、私は少し働いている。

というと、たいていの人が、「どうしてそんなことになったの？」と尋ねるのだ。当然のことだ。その経緯が、まさに誰も予想できない筋書きだったからだ。

まず、口唇口蓋裂の事情から言うと、医療の制度の行き届いた日本では、生まれつき口蓋、唇、鼻梁《びりょう》などに異常がある子供を、そのまま治療もせずに放置するなどということは考えられない。こうした子供たちは、今でも五百人に一人生まれているというが、最も適した時期に形成手術を（時には数回に分けることもあるというが）受けさせれば、大きくなってから、顔を寄せてしげしげと見ても全く分からないほどに、きれいに治ってしまう。個人的に治療費が重圧になることもない。

しかしマダガスカルのような国では事情は全く違う。貧しい家庭に生まれた子供たちが、医療の面で放置される理由は、幾つもある。

（一）まず大人も子供も、国民健康保険もないから、経済的保護の制度の恩恵を受けていない。貧しい人は、病気になれば死ぬほかはない、と思っている。

（二）国中に、優秀な形成外科医がいない。と言いたいところだが、形成外科という独立した医学的分野もまだないらしい。もしマダガスカルで、口唇口蓋裂の子供が生まれたら、それが貧しい家庭であれば放置するほかはない。しばしば人の眼を避けるために、家の中に隠しておく家庭もあるようだ。

（三）裂けた口唇を荒っぽく縫っておくくらいのことはできる。しかしそんなことでは、顔の最も目立つところに、チャックがついているような傷が目立つ。人の噂になることは同じだ。

（四）その結果、少しお金がある家庭は、隣のフランス領レウニオンの病院へ子供を連れていく。そして本当にお金のある家庭だけが、飛行機で十二時間くらいかかるパリまで子供を連れて行って手術を受けさせる。しかしこんなことができるのは、ほんとうに選ばれた一握りの家庭だけである。

これが、マダガスカルの実情だ。

これからが、日本の話になる。私的事情も語らねばならないことを許して頂きたい。

二〇〇六年の五月、私は家の玄関前で転倒して、左の足首を骨折した。それより十年前に、右足の同じ部分を折った。骨が折れる時、人間には骨折の音が聞こえる。くぐもったような嫌な音だ。だから私は、二度目の骨折の時、「あ、また折った」と分かった。

六十四歳の時、一度目に足を折ったのは、三浦家のお墓のある丘の上で、夫がいなかったら、私は数百メートル這《は》って行って助けを求めねばならなかったろう。しかしその時の驚きは別の理由だった。私の足は脱臼《だっきゅう》して、踵《かかと》が前方に指先が後に、一八〇度曲がっていたから、まるで馬の足を見るようだった。おもしろい足だなあ、と私は思いながら見ていたことを覚えている。私はしかしそのまま、その日午後早々することになっていた講演をした。

その日は、五月十二日、ナイチンゲールの誕生日で、つまり看護の日だった。私は相模原《さがみはら》で主に看護師さんたちを対象に講演をすることになっていた。私は夫の運転する車の中から先方に電話をかけ、こういうわけで骨折をしてしまいましたので、「講演は予定通りいたしますが、車椅子を拝借させてください」と頼んだ。看護の日に怪我をするなんてブラックユーモアだったが、病院関係者が相手だということは便利でよかった、というのが、私の思いだった。

怪我から約四時間後に始まった講演の間中、私は少しも痛みを感じなかった。講演が終わってから私は、北里大学病院に運ばれ、そこで初めて血圧が下がったと言われた。私はそのまま、北里病院でお世話になるつもりだったのだが、その時、私は日本財団の会長職に在った。仕事の上で始終小切手にサインをする必要があり、相模原はあまりにも遠いので、私はその翌日聖路加《せいろか》病院に転院した。

手術は順調に済み、手術後五日目に、私は秘書課の男性に車椅子を押してもらって予定通り京都に出張した。財団の大切な仕事も、ほとんど休むことなく済んだ。

それからちょうど十年目であった。月も同じ五月、私はまた転び、今度は反対の左足の足首を折った。これで左右対称に傷ものになった。律義《りちぎ》な折り方でしょう、と私は当時笑っていたものである。

転ぶ兆候は、以前からあった。それ以前に、私は視覚障害者や車椅子などの人たちと、毎年イスラエルなどに旅行していたが、エルサレムで、イエスが最後に捕らえられる直前、血の汗を流しながら祈ったというオリーヴ園の前の道の舗装がゆがんだ所で二度も転んだ。

同行者は、私の無様さをからかい、そこを「ソノアヤコさん、お転びの処」などと言う人もあった。転ぶのは私の脳の問題なのか、純粋に足の機能のせいなのか分からないままだった。私は学生時代から、もともとスポーツも下手だったのである。

二本目に足首を折った時、私は七十四歳だった。今度は折った瞬間から激痛だった。夫の車で病院へ連れて行ってもらえば、救急車を呼ばなくていいと思ったのだが、足が少しでもどこかに触れると激痛が走ったので、救急車のベテランのお世話になるほかなかった。申し訳ないなあ、二度もお世話になって、というのが、私の感じたすべてだった。

ところが救急車は私を乗せたまま、なかなか走り出さなかった。「どこへ行きますか?」と救急車の人は聞き、私はその時初めて、救急車というものは、特定の病院が引き受けると言わない限り、走り出さないものだ、と知ったのである。

私も夫も健康だったから、病院との繋がりがなかったので私は困り果てていた。もしこういう場合、私が一人暮らしの老女で、もう「配慮」ということができなくなっているとしたら、自分で病院を決めろ、と言われても大変だなあ、と私は無能を味わっていた。

その間に夫も大変だったようである。また聖路加病院と言われても遠すぎる。我が家から、家族が通える範囲には三つくらい総合病院があるから、そのどれかにしてほしい。

夫はその時、やっと旧制高知高等学校時代の親友の息子さんが、昭和大学の外科医だったということを思い出した。同級生は昔から面倒見のいい方だったということは後で知ったのだが、夫はその方に電話し、既に病院に出ていらした息子さんに連絡を取ってくださったのだという。その方が形成外科にいらっしゃる土佐泰祥《とさやすよし》先生だった。

やっと引き受け手ができて、私はほっとした。私は救急車の中で、隊員にお礼を言った。二週間後だったら、私はアフリカにいたはずだ。もし診療所さえない田舎で骨折していたら、私は骨接《ほねつ》ぎまがいのこともする土地の「呪術師《じゆじゆつし》」のところに連れて行かれるのがせいぜいだったろう。「それでもけっこう効くこともあるんですよ。痛みも取れますし……」と知人の日本人シスターは言っていたが……ほんとうに幸運だった、と少し論理に乱れはあるが、私は幸福感でいっぱいだった。

私は当日、救急センターの勤務をされていた整形外科の助崎文雄《すけざきふみお》先生によって、数日後に手術を受けた。年の割にはひどい折り方で、先生は後日私の怪我のことを「コーヒーカップでいうと、飲み口が割れ、把手《はしゆ》が欠けて、底のほうにもヒビが入っている」ような状態だったと説明されている。

同じ修理でも、ひどくぶっ潰した古自転車と、チェーンだけ新しくすればいい故障自転車とでは、手数の掛かり方が違う。私の手術はけっこう「修理」に長い時間がかかって、私は申し訳なかった。

　私は自分では健康な怪我人のつもりだった。入院中、本も読めたし、連載の穴も開けずに済んだ。私は病室に古い型の「ワープロ」を持ち込んで仕事をしていた。傷はしばらくの間、かなり痛んで、私は痛み止めの薬を待ち焦がれたが、それでも原稿は書けた。病院の中でも、日常性を保つことが救いであり、治療に有効だと思いながら、私は暮らした。

　土佐先生は、ご自分が私を入院させてくださるきっかけになったので、時々気にかけて見舞ってくださった。先生のご専門は形成外科で、しかも口唇口蓋裂をたくさん手掛けていらっしゃることを、私はその時初めて知ったのである。

　私は一九七九年に、朝日新聞に『神の汚れた手』という小説を連載した時、新生児の病気のことを少し勉強して、しかも口唇口蓋裂の子供のことも書いていた。千枚を越す長い作品の最後に、偶然私は一人の、染色体異常を伴って眼球もないまま生まれた口唇口蓋裂児のことを描いていた。

「恵は皺《しわ》だらけの顔をし、ザクロのように裂けた口と、豚に似た鼻をしながら、もし意識があったら『私はだれ?』と問うたことだろう。そして彼のために、その傍に座って慰め、彼のために死んでまでくれるという神がいることを知ったら、彼はその時、初めて、自分は決して異常な人間ではないことをわかっただろう。その時初めて、人間は一切の外的なものから解放され、ただ魂だけが問題であることを知るようになる」

医学の進歩にも、すさまじいものがある。私の一本目に折った足は手術後、当時ごく普通だったギプスと呼ばれる厚い石膏《せっこう》の鞘《さや》に入れられた。しかし十年経った今回は、そんなことはなくて済んだ。腫《は》れて痛むだけで、私の足は軽々としている。

私が一九七九年に書いたこの『神の汚れた手』の中の新生児たちの治療法もその結果も、今ではかなり古いものになった。しかし土佐先生のお話を聞きながら、私の知っているアフリカは、まだあの作品の中の世界と同じ程度か、それ以前の面さえあるだろう、と私は考えていた。

私は順調に退院し、少し歩くと執拗《しつよう》に、てきめんに腫れる足をものともせず、実によく出歩き、旅行もした。怪我から五カ月目に、私はイタリアに住む友人と、アバノというローマ時代からある温泉に湯治に行った。日本で山梨の温泉に行く話も出たが、私は同じ療養をするなら、私の全く知らない土地がいいと思い、友達はミラノまでは来てくれたが、東京からイタリアまでは、私は一人で松葉杖《まつばづえ》をついて飛行機に乗った。

「お話」の第一幕はそこまでである。

それから三年後の二〇〇九年に、或る日、私は知人から電話を受けた。出張先で豪雨に遭い、視界が悪くなったので駆けだした時、張ってある鎖に気づかず、ひどく転んだ。その時、「眼窩底骨折《がんかていこっせつ》」をした。つまり眼の骨を折ったのである。眼に骨があるの！ と私は驚くばかりだった。主訴はものが三重に見えることだという。

かつての私も、中心性網膜炎と、それに付随して起きた若年性後極白内障《こうきょくはくないしょう》のために、アタマがおかしくなりそうな三重視に耐えていた。信号機の三色はそれぞれ三つずつ見えるので、合計九個の明かりが、どれが本物だかわからないままに、花束のように見えている。不真面目な夫が、「一万円札が、三枚に見えるのはいいじゃないか」と慰めてくれたが、笑う気力も起きなかった。

私は知人の病状に深く同情した。なぜなら彼は恐ろしく眼のいい人である。私のように生まれつき視力にいろいろと障害のある人生を送って来た者とは違う。

ちょうど私はその頃、講演に出た先で、一人の初対面の眼科医にご挨拶をする羽目になった。生まれつきの強度近視がご専門だという。「先生にもっと早くこの世でお眼にかかっていましたら、昔から眼をみていただけましたのに」と私は幼い時からの視力の苦労を思って自然に言ったが、そんな出会いから、この眼窩底骨折の知人のこともご相談してみる気になった。

誰が専門にやっているかな、と先生は呟《つぶや》かれ「調べてあげましょう」ということになった。私の知人はテレビにも始終出るような有名人だったので、私は当人から直接お電話差し上げていいですか、と言い、私が間違って余計なことを伝えないようにした。その結果、この先生が調べてくださって、眼窩底骨折は昭和大学の小出良平先生が専門に手術をしていらっしゃることを知った。

二〇〇九年の末に、この知人は手術のために昭和大学旗の台病院に入院した。そしてクリスマス・イヴに手術を受けることになった。

その日は、暗い寒い日だった。私は気になって、手術後数時間経った頃を見計らって、病院に見舞いに行った。朱門は自分は見舞いにも行かず、私の時と同じように、この昔からの年若い知人に悪口のような見舞いの言葉を伝言しただけだった。

「普通の人は、転ぶと鼻を折るんだよね。ベルルスコーニだって、喧嘩売られて殴られた時、鼻の骨を折ったんだ。鼻がないから、眼の骨折るんだって伝えておいて」

私は夫が他人から悪評を被《こうむ》ることに少しも同情がなかったので、彼の言葉をそのまま伝えた。手術は順調で、私は見舞客にしては長すぎるほど喋った。帰り際だったと思うが、私は土佐先生にお会いした。当時、土佐先生はまだ今の奥様と結婚していらっしゃらなかったので、私は「今晩、今からうちで夕食を召し上がりますか」と尋ねた。我が家は愛想の悪い家庭で、クリスマスと言ってもご馳走の用意は全くしないのである。それでも私は平気で人を食事に誘う癖があった。

先生は我が家にいらした。それこそ有り合わせのメザシの焼いたのでも差し上げたのではないかと思うが、その夜が後で思うと不思議な変化の晩になった。その夜と、その後の一年の間に、私は先生と或る基本的な会話を交わしていたのだった。

私は土佐先生にまず二つの質問をしたのだ。

「先生は日本で年間数百人もの口唇口蓋裂の手術をしていらっしゃいますが、外国でもしてみたいとお思いですか。それとも日本で手いっぱいで、とても外国までは……とお思いですか」

軽い話のつもりであった。土佐先生は、機会があったらしてみたいと言われた。それはよそ者が考えるほど気楽な会話でもなかっただろう。土佐先生は優しいご性格だから、そんなことは忙しくて考えられません、とお答えになるような方ではない。しかし私の質問はつまり暴論ならぬ無茶な質問だったのである。

先生が完全否定なさらなかったので、私は図々しく「それでは、もう一つ質問させてください」と言った。

それは「今の先生のお立場、潜在的人手不足の病院の状態で、マダガスカルで口唇口蓋裂の手術を行うような医療班派遣は、全く不可能なことなのですか。それとも、場合によっては可能と言えますか?」という質問だった。そして土佐先生は「全く不可能ということではありません」と答えられた。

私は今や恐ろしくて、その時の状況を考えられない。私は今まで浅慮《せんりよ》と蛮勇《ばんゆう》から、度々自分の歩く道を作ってきた。「そんな無茶なこと、相手の立場を考えたら、とても口にできない」とよく言われるようなことを平気で口にしたことも多いが、優しくアザ笑われる程度で、それほど怒られずに済んできた。私は、終生、失うことを恐れねばならなかった地位、名誉、責任、組織などを持たなかったからだ、ということだけは確実である。

実はその夜の会話からすべてのことは始まったのである。それが暗く寒いクリスマスの夜だったことも、ドラマの出発点としては自然だったのかもしれない。間もなく年が明けて二〇一〇年になった。そして意外な速度で、プロジェクトは走り出した。

もっとも、病院側が対処なさらなければならなかった問題は、実に多かっただろう。マダガスカル?　一体その国はどこにあるんだ?　というのがたいていの人の反応だ。だからこの話をする時、私が真っ先に大きな世界地図を出して来て、マダガスカルは南半球にある日本の一・六倍の面積の島国で……というところから始めねばならなかったことを笑って思い出す人も多い。

病院側も、こんな降って湧《わ》いたような話にどう対処していいか迷われたことも想像に難くない。一言で言えば、迷惑な話だ。

私が説明しなければならなかった部分は山のようにあった。

まず、マダガスカルの首都から百七十キロ南にあるアンツィラベという地方の町が、その現場です。そこにはマリアの宣教者フランシスコ修道会という国際的な女子修道会の組織が入っていて、素朴な診療所を作り、主にお産をするお母さんたちを受け入れています。

しかし数年前までは、分娩室があるだけでした。難産の産婦さんは、数日間苦しんだ挙げ句、そのまま死んでいました。時には十人もの上の子供たちを残して、日本なら助かるはずの命を失っていたのです。

そうした患者さんたちに何とか帝王切開だけできるようにしたいという願いを、修道院が、そこで働く日本人看護師のシスター・牧野幸江さんを通して伝えられてきたので、私が四十年間働いた海外邦人宣教者活動援助後援会、というＮＧＯの組織が、約三千数百万円を拠出して、世界的に通用する程度の手術室の建設をしました。もちろん非常用の補助電源も入っています、というようなことである。

とは言ったが、私は建設途中に現場を一回見に行っただけで、完成したところは知らない。しかし現場に常駐するシスター・牧野幸江さんがその数カ月前にくれた一本の手紙を私は覚えていた。

「このごろ、土地の外科医が、器械持ち込みで手術をさせてくれ、と言ってくるようになりました」と手紙には書いてあった。それで初めて、私は帝王切開以外の手術もできるのだ、と分かったのである。この一本の手紙も、実はこのプロジェクトを押し進める大きな力だったのである。

それからの昭和大学内の動きは私にはわからない。一つ一つが、私とうちの秘書の勉強だった。子供の口唇口蓋裂の手術は、どの場合も全身麻酔で行わなければならないので、最低二人の麻酔医と、麻酔器を持っていかねばならない。手術室には、手順に馴れた特殊な技能を持つ看護師さんが要る。従って人員は最低で、形成外科医二人、麻酔医二人、看護師二人という構成になる。

麻酔器？　一体どんな大きさのもので、いくらかかるのか？

薬はすべてマダガスカルで買えるのか。私の頭の中には、『時の止まった赤ん坊』の新聞連載が始まる前、一九八三年に取材に行った時代の恐ろしく貧しいマダガスカルしか残っていない。

あの当時は、まず新生児用のミルクもなかった。世間の人はあまり知らないだろうが、粉ミルクは、厳密な栄養の計算のもとに作られている一種の「芸術品」で、日本国内でも計画生産で、一定の量しか作られていない。

マダガスカルでは、お母さんにお乳が出ないと、そこからすぐに悲劇が始まる。国内でこの乳幼児用のミルクが生産されていないので、外国産の輸入品を使うことになると、ひどく高価なものになる。たいていの家庭ではそんなものを買えないから、コンデンスミルクを薄く溶いたものなどを飲ませるので、新生児は育たない。

当時、私たちは日本から新生児用ミルクも送っていたのだが、私は初めこれを町の薬屋で買えばいいと思っていた。一度に送るのは四十キロか五十キロ程度なのである。ミルクは空船でマダガスカルに向かう大手水産会社の漁船が、ご厚意で積んでくれることになっていた。

しかし私はこの時初めて、自民党本部に行き、この問題を処理してくださる係の方に会った。どのメーカーでもいいのだが、予定の購入量をその会社の生産予定量に組み入れてもらわねばならないのである。

「人間はばかですから、広告をみると、ビールなんか時には気分で倍飲むんですよ。しかし赤ん坊はきちんとしてますから、一日一定量しか飲まない。だから粉ミルクは計画生産できるんですよ」

とその日誰かが言ったのだ。この話は私の気に入った。私はやはり赤ん坊のような律義な人ではなく、ばかな大人になりたい、と思ったことを今でも覚えているのだから。

そして派遣の概要が略々ついた段階で、二〇一一年三月十一日がやってきた。東日本大震災である。

地震が起きた数分後に、私はもうこのマダガスカル・プロジェクトは中止だろうな、と考えていた。そして本音を言うと少し気が楽になった。マダガスカル側にも、日本は大地震に見舞われたので、ドクターたちはもう来られなくなったのよ、と説明してもらえば、それで済むことだ。しかし私のこうした怠《なま》け根性は、決して思い通りにならなかった。

# 第13章 難関だらけの兵站

マダガスカルの貧しい子供たちに対して、無料で口唇口蓋裂《こうしんこうがいれつ》の手術をするという昭和大学の形成外科医師の派遣計画は、東日本大震災が起ころうと、変更されることなく進み始めていた。しかも準備期間は、震災後たった四カ月ちょっとしか残されていなかった。

出発はドクターたちが学会と重ならない日時を、というので、その年は五月二十八日成田発と決定した。ルートは、タイのバンコック経由最短距離を取ることになった。バンコックまでは全日空で約七時間半、そこで二時間半ほどの乗り継ぎ時間を過ごした後、夕方タイを発って、八時間四十分の飛行で、現地時間、深夜にマダガスカルの首都・アンタナナリボに着く予定である。

私に与えられた仕事は、資金の確保、物資の輸送、現地との連絡・調整という三つの面に限られて来た。つまり軍隊で言うと兵站《ロジスティックス》である。この兵站《へいたん》にとって最大の難関は、相手先とのEメールや電話やファックスが、ほとんど繋がらない、ということだった。これは現場でことに当たるものにとって最も辛い状況である。

昔、北タイの土木現場に取材に入っている時、現地でいろいろ教えてくれた事務屋さんが一番悩んでいたことは、首都バンコックにある自社のオフィスとさえ、長距離電話は申し込みをしてから、通常で二、三時間は待たされることであった。Eメール

など全くない時代である。

長距離電話は、いつ繋がるか先が読めないので、彼はじっと事務所の机の前で待っている。だから心理的に疲れる。私はその話を聞いて「伝書鳩《でんしょばと》をお飼いになる他はないですね」と呟《つぶや》いたのだが、それから四十年後でも、アフリカはまだ似たような困難を抱えていた。

まずどれだけ日本のドクターたちが納得する薬が現地で買えるのか分からない。今回のドクターたちの「仕事場」は、首都から百七十キロ南のアンツィラベという町なのだが、日本と違って、首都と地方とでは、物資の流通状態が同じというわけにはいかない。首都には、シスター・平間が大きな聖フランシスコ病院に勤務しているが、シスター・牧野が住み込みの看護師として働いているアンツィラベの修道院との間でさえ連絡は取りにくい。日本とマダガスカルの間にはEメールが通じても、首都とアンツィラベとの間の連絡は、何か分からない人的「幸《こう》便《びん》」のようなものに頼っているようでもある。

私が最初に焦ったのは、薬であった。麻酔器は昭和大学麻酔科の、安本和正主任教授（当時）がお世話してくださることになっていたが、肝心の麻酔薬を国際航空機が、私たちと同じ便に携行貨物として積みこませてくれるのだろうか。当時の記録が残っている。

業務を扱ってくれた「日通旅行」の横田和美氏からのファックスである。

「さっそく、麻酔薬の日本からの持ち出しにつきまして関係機関に確認をいたしました。結論は、一切の持ち出しができません。法律で決められており、いかなる場合もどんな手続きを経ても持ち出しできないそうです。照会先は厚生労働省関東信越厚生局麻酔取締部です」

大学が使う薬は「アルチバ」と「フェンタニル」だという。それを合わせて四百本以上、日本で買うと金額にして四十五万円ほどである。麻酔科としては一切の薬を自分たちで携行することが一番安心だったのだろうが、それは叶わなくなったのである。

薬に関して日本側で発注したのは、私のような素人目《しろうとめ》には膨大な量の薬であった。

それと思わぬ困難は、製薬会社が初めのうちは薬代を払う私個人、乃至《ないし》は私の属する組織を全く知らないのだから、従って信頼もしてくれなくて当然である。私はまだ海外邦人宣教者活動援助後援会（JOMAS）の代表を正式に辞める直前の最終的な立場にあったが、そもそもJOMAS自体が、NGOの中の有名な「大手」ではない。私の個人的な名前も、出版関係者なら知っていることもあるだろうが、財界人と違うから外の世界では全く社会的な信用を持っていないのである。

大学側から出て来た準備品のリストは、結果的に薬品が百五十二万円、機材が約百十万円。それにモニターなるものが一番高くて、三百二十万円近くになった。

モニターの中ではそのうちの二百三十万円余りがカプノメーターとその付属部品だった。カプノメーターは、血液中の炭酸ガスの含有量を連続的に記録する装置らしいが、それも五十万円の機械である。手術中、或いは術後の患者につけて様子を監視する装置と思われた。iSTATという血液分析装置は、ゆうに百万円を超えた。それはそれでいいのだが、こういう高額な機材の購入者・支払人が、大学でもなく、病院でもないとなると、製薬会社や医療機械屋さんたちが「果たしてこの人（組織）はこんな額をほんとうに払ってくれるのかな」という疑問を抱くのである。

もちろん私が「海外邦人宣教者活動援助後援会（JOMAS）」で働いて来た記録は、『神さま、それをお望みですか』という私の本の中に書かれているので、私はその本を相手に送る手はあった。相手がそんなものを読んでくれればの話だが。

しかし私個人や、その「海外邦人宣教者活動援助後援会」なる組織が、お金を払える団体かどうかは外部の人にはわからないし、この企画は、当時すでに半分は海外邦人宣教者活動援助後援会の手を離れて、私と他に三人の同窓生で動かされていた時期であった。海外邦人宣教者活動援助後援会の中に、この企画に反対の人がいたので、私は最初からこれは経済的にも別個に動かすべきだ、と感じていたのである。

私が取ったもっとも単純な解決策は、とにかく現実に滞《とどこお》りなく素早くお金を支払うことであった。そうすれば製薬会社が大学に文句を言うこともないだろうし、やがて私たちを信用してくれるだろう。当時私が受けたメモが今でも私の手元に記録として残っている。某製薬会社の若い社員の不安が行間ににじみ出ているような能弁なメモである。

「請求書をお送りしたいのですが、支払いは五月中にいただけますか？」

日付は五月十三日、宛名は形成外科の土佐泰祥《とさやすよし》先生である。

薬品その他の購入は、麻酔科ドクターたちがやってくださっていたので、私の家では秘書が、麻酔科から連絡があり次第、時間の短縮のためにすぐ病院まで請求書をもらいに行き、既に納入されているものの受け取り証に捺印《なついん》し、帰りにその足で銀行に寄って次の請求書の支払いを済ませる日々が続いた。麻酔科のドクターたちの部屋は手術室の傍にあるらしく、秘書はその部屋への連絡の方法もうまくなった。

しかしほんとうは、薬品や機材の支払いが終わっても、他に最高に高価な品物の購入が残っていることを私は忘れてはいなかった。麻酔器である。この値段を、私は飛行機がそれを積んで日本を離陸してもなお知らなかったのだが、その経緯は後で述べる。

私たち四人の老人（共に聖心女子大学の同窓生）が、海外邦人宣教者活動援助後援会時代の「残り財産」のすべてをそのまま組織に残して、持ち金ゼロの状態で昭和大学の支援を始めてもどうやら可能と踏めたのは、そうこうする間にも、この新しいプロジェクトの賛同者が寄付を送って来てくれたからであった。何しろ初めてのことで、総経費の全体額も私には読めない。しかしお金のことに小心な私がともかく動きだせたのは、不思議なことが起きたからだった。

長い作家生活の間に、決して本が売れる作家とは言えなかった私が、その頃突然、ベストセラーの作家の一人として名前を連ねるようになったのである。すでに『老いの才覚』（ベスト新書）は二〇一一年三月十日付で、つまり東日本大震災の発生前日に、十八刷になり部数は七十万部を超えていた。

この本にはほんとうにおもしろい誕生秘話があって、はじめ出版社はかなり売れない本だと思ったらしく、初版を七千部しか刷らなかった。いくら売れない作家でも、新書は普通ならもう少し刷る場合もある。私はしかし、こういうことにはわりと素直なところがあった。

出版社から「もし重版になった時、出版まで働いてくれたライターさんには、印税を何分あげますか?」と聞かれた時、「半々」と答えたのがそれを示している。後で私は、「どうせ売れないんだから、半々の方が暗算が楽だと思った」と親しい友達である女性ライターに言っている。私は相手にたくさんあげる予定はさらさらなかったのである。

しかし皮肉のように、この本は売れた。総計で百万を越したが、それがわかったのはずっと後になってからである。

私は初めてベストセラー作家になった。その結果受け取るお金は、完全に働かないでもらっている「泡銭《あぶくぜに》」か「ニセ札」のような感じがした。林の中に落ちている紙幣を喜んで拾って来ると、実は狐が化かした木の葉で、森を出ると濡れた木の葉に戻ってしまう、という恐れさえ感じた。

木の葉にはならないまでも、こうした「泡銭」は「身に着かない」と見た方が妥当なのではないだろうか。仮に身につけたりすると、私は何か病気になったり、その日に限って大金を入れていた財布を落としたりするに違いない、という実感があった。私は意外と迷信深いのかもしれなかった。だから私は、もし資金が集まらなければ、狐が化かした木の葉をむしろ早いうちに使っておいた方がいいと、腹をくっていたのである。

しかし私の財布から、予期せぬお金が出て行く凄まじさは、おもしろいほどだった。

四月五日

シスター・牧野からの手紙の抜粋。

「以前、お願い申しあげましたＭＥ機械、ＭＩＮＤＲＡＹの会社が取り扱わなくなり、お送りしたＢＩＯＮＥＴ社のものになりました。それにより、予算は一千六万一千二百八十アリアリ（マダガスカルの貨幣の単位）の予定が、一千八百四十九万九千八十アリアリになってしまい、差額が八百四十三万七千八百アリアリも高くなってしまいました」

その日の一円は二十一アリアリから二十二アリアリの間だそうで、

「結局日本円として四十万一千八百円不足になりました。それプラス麻酔器の取付代が三十五万円です。合わせて七十五万円、ご援助いただければ幸いでございます」。

四月十五日

シスター・平間から、日本医師会の免許証をマダガスカルの厚生省に届けるので、「その手数料として一人六十ユーロ、五人分で合計三百ユーロが要ります」。

私は腹を立てた。シスターに対してではない。日本の医師免許に、いまだに日本語しか表記しない厚生労働省の思い上がりと怠惰《たいだ》に対してである。この国際化の時代に、そして日本の医師たちが世界中で活躍しなければならないという時に、いまだに日本語でしか内容の表記のない医師免許を発行しておいて平気という役人の神経が分からなかったのである。

五月十五日

シスター・牧野のファックスによる手紙。

実は少し前、シスターたちの修道院の近くにある男子の『マリアの宣教者フランシスコ修道会』のブラザーたちが、近くのライ患者さんたちのコロニーの畑仕事を手伝いに行った。ちょうどトウモロコシの取り入れ時期である。患者さんたちは、ライは治癒していても、手にマヒの残った人が多いので、うまく鎌を扱えないのである。

ブラザーの一人が助っ人に連れて行った修道院の若者たちを車に乗せて畑からの帰り道に就いた時、道を曲がったとたん落日がきつく顔に当たった。一瞬、前方の見えなくなったブラザーは、向こうから来る農家の人の、牛の引くシャレット（荷車）に気づかず正面から衝突した。この事故で、シャレットを引いていた牛が一頭死に、もう一頭が足を折り、作業用のシャレットは大破した。

牛はマダガスカル人の最大の財産だから、持ち主はひどく怒った。牛と車の賠償金として、日本円で二十万円を請求してきたが、男子の修道院は貧乏で、壊れた自動車を直すのに八十万円かかるだけで手いっぱいだった。何しろ公共のバスなどほとんどないに等しい土地だから、移動用の車がないと買い物もできなければ他のどんな仕事も手伝えない。

ブラザーたちが泣きついてきたので、シスター・牧野たちの女子修道院は、シャレットの持ち主に出す二十万円分だけを貸すことにした。「多分返さないと思いますが……」とシスター・牧野は見抜いている。

実はその二十万円は、昭和大学のドクターたちが子供たちの手術をした後、一晩だけ入院させて経過をみるためのベッドとして予算を組んでいた。後日現場を見て分かったのだが、入院の設備と言ってもベッドは全くない。日本からの費用で作った入院患者用の、明るい大部屋の床に、マットレスだけを敷くのである。シーツも枕も布団もない。そこに母が病児と添い寝をして一夜を過ごす。

私たちの出発の日が迫って来ているので、シスター・牧野はもうそろそろマットレスを揃えなくてはならない、と焦っていた。しかし貸したお金は返って来そうにない。「準備のために頂いてあった二十万円をもう一度頂けないでしょうか」というのがシスター・牧野の手紙の趣旨である。

五月二十日

シスター・平間から。十五年も使っていたパソコンが壊れた。それでこちらに来る時、一台持って来て頂けるか。

私は実に親切ではなかった。出発の一週間前になっていて、原稿の書きだめと雑事に疲れ果てている。私はシスター・平間のパソコンを買う仕事だけは「ネグル」ことにした。すると秘書とその優しい夫が見るに見かねて、一台のパソコンを用意してくれた。

五月二十四日

シスター・牧野から土佐泰祥先生へのファックスがうちへ廻って来た。

「一つまた大きなお願いがございます。分娩室の吸引分娩器の羊水《ようすい》吸引用アトム吸引器瓶三千mlの瓶を、今朝洗う時にこなごなに破損してしまいました。休暇で日本に帰った時、予備に買って来たものも使用してしまい……費用は曽野さまの方にお願いしてくださいませ。曽野家にもファックスを入れました」

私は不機嫌な顔で秘書に言った。

「もうこれで終わりでしょうね」

しかし出発の三日前にもう一ドラマあった。再びシスター・牧野のファックスが入った。

「こちらの電圧は実に不安定です。麻酔器の操作上、不都合があるといけないので、変圧器を買って持って来てください」

一九九〇年から二〇〇九年の暮れまで暮らしたシンガポールのアパートで、私は日本から持って行ったワープロを使っていた。シンガポールは電圧が二百十ボルトだから、日本の電気製品は一切使えない。私は知り合いから、やや大型の、靴箱の三分の一くらいの大きさのセコハンの家庭用変圧器を買って机の上に置いていた。それは一万円もしなかったと記憶していた。

「だけど医療用の変圧器っていうのは、そんなことじゃ済まないでしょうよ」

私は苦り切って秘書に言った。私はその頃決して「輝いている人」ではなかったのである。でもお金が出て行くことには、もうあまり感動がなくなっていた。

医療用の変圧器は三十五万円だった。それでも子供たちの命を危険に晒《さら》すわけにはいかない。だから迷うことはなかった。

思えば、私の泡銭は凄まじい勢いで、私の懐に入り、すぐまたすり抜けて行った。だから入る時も嬉しさはあまりなく、出て行く時も私は少しも心が痛まなかったのである。

# 第14章 小さなアフリカの奇蹟

昭和大学の形成外科のドクターたちをマダガスカルに送って、貧しい家庭に生まれて、それまで顔面の奇形を放置されていた口唇口蓋裂《こうしんこうがいれつ》の子供たちに、無料の手術をして頂くプロジェクトの、私は兵站係《へいたんがかり》を自認しかけていたが、実はほんとうの難しさは、資金の調達ではなく、輸送方法にあることは分かっていた。二〇一一年春のことである。

いつもアフリカへ行く予定を組む度に、出発までに必ず何度か旅程の変更が出る。最も頻発する理由は、政変で旅行に適さなくなっているというのである。私は昔から戒厳令《かいげんれい》が出れば、国中が兵隊だらけになるからスリもドロボーも商売がしにくくなり、社会全体の保安もよくなるから、旅行者にはいいのだと思っていたが、日本人は必ずしもそういう反応は示さない。

ことに外出禁止令（英語でcurfew《カーフユー》）が出ると、一種の恐怖感を抱くらしい。外出禁止令と言ったって、たいていは深夜零時過ぎに出歩けなくなるだけで、私たちには何の不便もないのだが、昔、阿川弘之先生はこのカーフューという英語に対して、ダジャレをおっしゃった。外出禁止令というものはcar《カー》（車）がfew《フユー》（ほとんどなくなる）からそう言うんだ、という冗談である。確かに外出禁止令が出ると、夜半以後は静かになる。車の姿もほとんど見かけない。

他にも、空港の突然の閉鎖、飛ぶはずの飛行機のスケジュールが変更になること、首都の中でも度々軍や保安警察軍などの検問のために止められること、或いはその時期は雨期で川が増水しており、私たちが雇うことになっている四輪駆動車でもおそらく途中で交通不可能になるだろう、などということである。

「旅行には雨期をお避けになっては」という言葉も、日本人は理解しにくい。日本人にとって雨は傘をさせばいいだけのことだ。しかしアフリカでは奥地に行くと多くの川に橋がない。だから車で旅行する人は、乾季の只中か、雨期の終わり乃至《ないし》はごく初めを狙って旅をする。反対に、川や湖沼地帯に行こうとしている人は、乾季の只中になると、旅ができなくなるだろう。

しかし私が昭和大学のプロジェクトで一番恐れたのは、荷物がなくなることであった。多くの贅沢《ぜいたく》な日本人は、マダガスカルまでパリを経由するルート

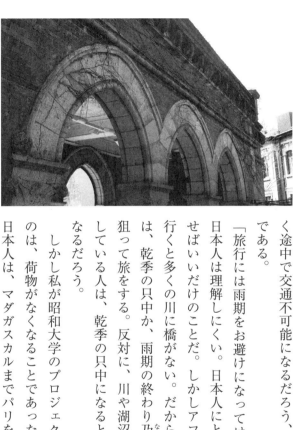

を取る。エールフランスという航空会社を使って、全旅程が組めるからである。すると実に長旅になる。パリまで十時間半、パリからマダガスカルまでまた十時間半。旅が長ければ、旅費も高い。

しかも私が今までのアフリカ旅行でいつも体験したのは、パリで主にエールフランスに預けた荷物が、目的地で出てこないことであった。二十個預けるとそのうちの二、三個は、目的地で出て来ない。パリで積み忘れるのか、到着地で盗まれるのか分からないが、とにかく紛失の可能性は、ほぼ百%ついて廻ったのである。

パリの空港の荷役《にやく》で働く人は、あらゆる国からの出稼ぎだろう。泥棒もいないわけではないだろうし、機械的な扱いに馴《な》れていない人もたくさんいるわけだ。最近はこうした事情もどんどん改善されているようだが、つい十年ほど前までは、アフリカ路線の目的地で荷物が出るまでは一種のスリルであった。

一般の旅行者だけではない。私は日本財団の会長を務めていた時代に、財団が主催していたアフリカ農業会議に出席するために、二〇〇一年にウガンダに行ったが、同じ会議に出席されたカーター元アメリカ大統領の荷物十数個が、パリの空港で積まれていなかったことがちょっとした話題になった。元大統領でも荷物が到着しない不安からは逃れられていないのだ！

私はチェックインする荷物を信用しなくなっていた。それ以前から大切な資料やノートなどは、手荷物にして機内に自分で持ち込んでいたが、たとえ大きなカバンが出てこなくてもその手荷物の中に、何とか残りの旅行ができるように、最低限の生活必需品を入れておくようになっていた。

これは人を信じるな、ということの訓練の結果の第一歩であった。災害の場合も、警察には寝る場所と食事を自治体が用意しなければならない。しかし自衛隊は、テントを張る大地さえあればいい。自分で生きる組織を作る。これを自己完結型というのだそうだが、アフリカを旅する時の要訣《ようけつ》も同じであった。

私は何度もマスコミや霞が関の若手官僚に、アフリカの僻地《へきち》の貧困の実態を見てもらう旅に同行したが、到着地の空港で、私自身の荷物が出てこないカバンのうちの一個に入っているとほっとしたものであった。自分だけが幸運にありつくということは却って困る場合もある。私はかなりの嘘つきだから、そういう場合、「困りましたねえ」などと口では言ってみせていたが、実は手荷物の中に着替えも洗面道具も筆記用具も最低限必要なものは全部持っていたのだから、少しも困っていなかったのである。

中央官庁の官僚の中にはパソコンまでチェックインした荷物の中に入れていてなくした人がいたが（荷物は数日遅れで届けられたが、パソコンは盗られてしまっていた）中に国家機密が入っていなかったことを願うばかりだ。そして荷物が出てこなくても平気なのは、私と同じような方法で携帯品を用意していた防衛省の制服組だけだという印象をもった。

正直なところ、個人の装備が失われても、私はほとんど気の毒に思わない。保険もかけてある。それをきっかけにカバンもシャツも新品になる。悪いことばかりでもないだろう、などと同情がない。

しかし今度の場合はそうもいかなかった。出発の前日、昭和大学の駐車場に集められた医療用の荷物は、ダンボール箱で百二十個近くになり、そこに旅行業者から廻された二トン車が取りに来た時には、これだけの数の荷物がマダガスカルまで安全に届くのは奇蹟という感じがしないでもなかった。

しかも改めて言うまでもないことだが、これらの荷物は個人用の荷物とは違う。この中の一個でもなくなれば、手術はできないかもしれない。いささか形式的な言い方をすれば、ドクターたちの使い馴れたメスと手術用の顕微鏡の入った箱がなくなれば、それだけでも手術はできないかもしれない。

もっとも私は、安全に着くためのお膳立《ぜんだ》てに奔走していたのである。私たちの取ったルートは、バンコックまで全日空で行き、そこでマダガスカル航空に乗り換える。

バンコック空港で百二十個の荷物を一個も失わずに積み替えるにはどうしたらいいか。日本人はそんなことは何でもないことでしょう、と言う。しかしそうではない。世界中の人たちは、もっと呑気《のんき》に働いているのだ。だから荷物の一個や二個、さまざまな理由で積み残すということは、いくらでも考えられる。

全日空には、幸い私の知人がいて、私たちの事情をよく理解してくれた。まさに人道以外の理由ではないのである。マダガスカル航空ともよく話をつけてくれて、医療用の品物と私たちの個人装備は、二トンのコンテナーにまとめて入れ、幸いにも当時マダガスカル航空と全日空は同じ機種を使っていたので、コンテナーはバンコックで蓋《ふた》を開けることなく、「箱ごと」積み替えることにしてくれた。これなら、漏れが出ることはほとんど考えられない。

全日空もマダガスカル航空も、こんな面倒なことをしても特にメリットはないのである。しかしそれをしてくれた。私は世界中でこのような小さな人道的な支援が行われてこそ、個人が幸福になるのだ、ということを実感することになったのだ。

感謝しながら、私自身はおかしなことにせっせと気を廻していた。

日本では、前日荷物を積み込んだ二トン車を取り扱い業者の日通旅行が、どこに一晩保管したかなどということを全く気にかける必要もなかった。私はそれがなくなる心配など全くしなかったからである。しかしマダガスカルではそうは行かない。

私は日本の日通旅行に電話をかけ、マダガスカルでは、向こうの業者が、夜半近くにこの膨大な数の荷物を空港で受け取ってから、翌朝南方百七十キロにあるアンツィラベという町に出発するまで、荷物を積んだトラックをどこに置くかを聞いてくれと言った。

最悪の場合、もし悪い業者がついていると、医療関係者のグループが来ると知っただけで、その夜のうちに金目のものを積んだトラックを盗む計画をしているかもしれない。「車ごと盗まれました」と言って肩をすくめてみせれば、どうせ警察もグルなのだろうから、荷物は出てくるわけはないのである。

その結果、首都のアンタナナリボでは、受け入れ先の日本人のシスターたちの所属するマリアの宣教者フランシスコ修道会の二重の門の奥にその夜はトラックを駐車することを条件にした。これで泥棒も少しは仕事がしにくくなるだろう、と私は考えたのである。

しかしそれより以前に、私は別の小細工もしなければならなかった。

麻酔器を含む、これだけの「商品価値」のある医療用の品物を持ち込むというグループからは、相当の税金を取ってやれ、というのが世界中でありうる関税処置の形である。そのうち、ほんとうにその国家に入るものはどれだけか。わざと税関吏《ぜいかんり》の個人的懐に入る部分を作れば、総額は基本的に安くなるだろうという説もあり、とにかく税関を通るまでには心理的に一戦争も二戦争も覚悟しなければならない。

私たちの飛行機は、スケジュール通りに飛べば、夜中の十一時五十五分とか、とにかく夜半近くに着くはずである。それですんなりと荷物が通ればいいが、荷物が出て来るのが遅く、税関で揉《も》めれば、私たちがホテルに着くのは、午前三時か四時になる。

私は限られた日程の中で、ドクターたちに翌日から働いて頂く予定を組んでいた。翌朝八時頃ホテルを出て、アンツィラベの病院（そこに私たちの作った手術室がある）まで、約三時間半から四時間。昼食を済ませたら、すぐに大勢待っているはずの患者の子供たちの、どの子から手術を始めるかを決定して頂かねばならない。そんな状態なのに、税関で無駄な時間を使って、医療関係者が疲れるのは、私としては何とかして避けねばならなかったのである。

そういう場合、日本人からは、よく同じような質問を受けた。

「あなたたちは、別に手術をしてあげてお金を儲けるわけじゃないでしょう。それどころか、技術も薬も持参で、先方の国の子供たちを治してやろうとしているのに、何で税関もそのことを理解しないの？」

アフリカでは、自分に関係のない公的な利益というものはほとんど理解されない。自国の子供を治療してくれてありがとう、という人が一人もいないわけではないが、それは本当に少数の「或る立場にいる人」だけである。後は自分の利益にならないことに、別に感謝をしない。国民一人一人に、その国の国民としての意識が希薄なのだ、としか思えない。

しかしそんなことはそれでいいのだ。世界中で、政治体制と思想が違っても（粛清も平気なような恐怖政治国家を除けば）、全く一致している立場が一つだけある。それは病気を治して、一人一人の人に健康な人生を与えるということだ。

私は税関がイジワルをするかもしれない事態に対応しようとしていた。最も高額な器械として税関が眼を付けそうな麻酔器は、高さが人の背丈ほど。つまりその程度の大きさの冷蔵庫のようなものだが、木材で枠掛けをしてある。その木材に、文句をつけられそうな危惧《きぐ》もないではなかった。

つまりその木材は防虫処置がしてあるかどうか分からないから、国内に入れられない、という言い分だ。それがどれほど厳しい規則かどうか、たった今その国に入って来た外国人には皆目見当がつかない。そんなことを押し問答しているうちにあっという間に一時間、二時間が過ぎ、日本人は疲れ果てる。私は勝手にこちらで、この木材は「防虫加工済みです」という証明書のようなものを作り、厳重に木枠に張り付けた。また日本は3・11の原発事故以来、放射能まみれになっていると世界は思い込んでいる。それからまだ三カ月しか経っていない。疑念は、麻酔器自体にも及ぶだろう。それで私は昭和大学の放射線科で「この器械には、放射性物質は付着していません」という証明書のようなものを作ってもらって、枠の下の器械に張り付けた。

効くか効かないかは知らないが、考えられる限りのすべての不都合に対処しておこうと考えたのである。それほど私は、ドクターたちに早くホテルに入って眠りについてもらい、翌日からの手術の予定に支障がないことを願ったのである。

一方私の小心な神経は、飛行機がアンタナナリボに着くまで、決めかねていることがあった。もし携行品の価格を申請しろと言われたら、薬品や資材はいいとしても、問題の麻酔器を、一体いくらと申請したらいいか考えあぐねていたのである。

実は私たちはまだ、この一番高価なはずの麻酔器の支払いを済ませていなかった。泉工《せんこう》医科工業という製造会社を紹介してくださったのは、麻酔科の安本和正主任教授（当時）だったが、先生もこのプロジェクトの意義はご存じだから、多分「安くしてやってください」と言ってくださってはいるのだろうが、冷蔵庫と違って私は大体の相場も知らない。まじめに考えても、税関にいくら申請すべきか桁《けた》も分からないのである。

マダガスカルの人たちは、日本円の百万円というものの実力を分からないだろうから、半分の五十万円くらいに申告しておくか、それとも百万円くらいには言わねばおかしいだろうか、とか私は考えながら、何の結論も出ないうちに疲れて眠った。つまり口で言うほど、兵站の実務を果たしていなかったのである。それに私の用意したすべての小細工は、実は一つも有効性を発揮せずに済んだ。私は嬉しいことに、「役立たず」だったのである。

マダガスカルの空港に着いた時、もう夜遅くだったにも関わらず、日本大使館から、参事官と書記官が来てくださっていると聞いた時、私は一挙に肩の荷が下りたような、というより腰が抜けそうな安堵感《あんどかん》に捕らえられた。それまで、これも外務省の知人を通じて、私たちの仕事の目的はお伝えしてあったが、大使館が館員を出してくださって、空港で最高の保証をしてくださるとは思っていなかったのである。

私は待合室で、結構長くかかる時間を荷物が出て来るまで坐《すわ》っていたが、ベルトコンベアーの前で荷物の到着を見ていた人が、「同じようなダンボールに、読めない（日本）字で同じ標識のついた箱が、後から後から際限なく出て来るのに、他のお客さんは驚いていましたよ」と教えに来てくれた。

「大丈夫ですよ。きっとアラブの首長が、奥さま四人連れてやって来て、その奥さまたちが一人一人、たくさんの衣装や寝間着《ねまき》や毛皮を持ってお着きになったと思っているでしょう」と私も安堵のあまり軽口を叩いた。荷物は一個の紛失もなく出た。これはまさに小さなアフリカの奇蹟であった。

私たちはそこで、マダガスカルで働いている二人の日本人シスターたちと無事な再会と、今回のプロジェクトの発進を喜び合った。アンツィラベの病院で窓口になってくれたシスター・牧野に、私は両替を頼んであったが、約三十万円ほどの円貨に対して、シスターはランドセルより一回りほど大きい札束を、黒い修道女風のショールに隠して持って来てくれていた。お金が重いものだ、と感じたのは、その時が初めてであった。

# 第15章　颪のもたらす便り

マダガスカルの子供たちにも見られる口唇口蓋裂《こうしんこうがいれつ》という奇形は、現在の日本でも五百人に一人生まれるという。別に遺伝性のものとも決まっていないらしい。

しかし今、日本の街を歩いていても、上唇《じょうしん》や鼻梁《びりょう》などに異常の残っている人など私は会ったこともない。だからこの病気は、もうなくなったんでしょうという人もいるが、そんなことはないというのである。

ただ日本では、適当な時期に、安全に精巧な形成外科的手術がどんな辺鄙《へんぴ》な土地に生まれた子供でも受けられるから、大人になった顔に異常の残っている人など全くいないのである。それほど日本の外科手術の精度は素晴らしいものになっており、その恩恵が日本中にあまねく及んでいるということだ。

素人《しろうと》の私が病気のことなど気楽に書いてはいけないのだが、私は一九七九年に『神の汚れた手』、一九八三年に『時の止まった赤ん坊』の二作の長編を書いた時に、この病気のことも少し勉強しなければならなかった。

奇形の状態やその修復の難しさは、病児の数だけある、と言ってもよさそうである。ただ簡単に上唇の裂けた子供だけではない。鼻梁が巨大な花の雌蕊《めしべ》のような形で残った子供や、昔は狼喉《ろうこう》と言われた咽頭《いんとう》の部分まで大きく裂けている奇形もある。

どのような難しい症状でも、日本のドクターたちは腕が鳴るらしく、困難を承知の

上で手術に臨む。そしてまたその痕跡が全く分からないまでにきれいに治してしまう。

しかしマダガスカルにはまだ形成外科という独立した専門の医学上の分類もないらしく、僻地《へきち》と言ってもいいような村や町で貧しく暮らしている子供たちは、せいぜいで裂けた唇を設備もろくろくない診療所の看護師に縫ってもらうくらいですませるほかはないから、手術痕は、かわいそうなくらいはっきり残る。

つまり縫ってはあるが、顔の目立つ場所にチャックをつけたような痕が残ったり、裂けた唇から斜めに生えた犬歯が牙のように見えたままの子供なども珍しくない。

そうなると、子供同士のいじめや偏見もあるらしく、からかわれたり、いじめられたりするから、病児は学校にも行かず、近所の子供たちとも遊ばなくなる。親たちの中には、こうした子供たちを家の中に隠しておくようなケースもあるらしい、と、これは日本人の海外青年協力隊の農業隊員の印象である。

すると義務教育程度の教育も行われず、ずっと家の中に隠れ住んでいるような暮らしでは、親と一緒に畑にも出ないから、一生農民として生きる技術も身につかない。個人としても国家としても、一人の人間が生涯健康な暮らしをしないことのロスは実に大きいということになる。昭和大学の企画は、単に奇形の顔を治すだけでなく、一人の人間が失う一生分の悲劇を食い止めようとすることなのである。

二〇一四年秋に、第四次の医療派遣が行われたが、偶然その最後の日に、ドクターたちは百人目の患者の手術を終わった。四年間で百人が健康な子供になって、ほとんど幼い時代の不幸な記憶を残さずに済むことになったのである。

実は、第一回目の医師たちの診療の始まるはるか以前から、東京側ではドクターたちの日本的心配が始まっていた。それは、これだけの人手と機械を揃えて行っても、果たして患者が集まるか、という心配である。

「曽野さん、どうやって、田舎の人たちは、こういう企画があるのを知るんですかねぇ」

と質問するドクターもあれば、率直に、私に、

「向こうへ行っても患者が来なかったら、僕たちはコーヒーばかり飲んでいることになるんじゃないですか？」

と言った人もいた。

そもそも誠実な日本人の医療関係者が、一体マダガスカルには口唇口蓋裂の患者が何人いるんですか、と聞いても、当のマダガスカル人には恐らく答えられる人が一人もいないだろう。そういう統計は一切ない、と見るのが普通だからだ。

マダガスカルだけではない。他のアフリカ諸国でも、多くの国が、厚生省の調査などというものを持っていないのである。病院は医療機関と呼べるような場所さえ、少し田舎になるとないのだから、統計が取れるわけがない。

国を挙げての調査などできない理由は、まず村々に電気がないからである。末端の人たちが、字を書けなかったり、簡単な算数もできなかったりしても、別に不思議はないからである。第一、人々に、そういう調査をする目的が理解させられない。目的が分かっても、現に口唇口蓋裂の手術をまともにできる機関がない。裂けた口唇だけは誰でも簡単に一応縫い合わせられるが、裂けた顎骨《がくこつ》や、鼻梁などを成形する技術などないのだから、統計を取っても無駄であろう。

しかし私は、ドクターたちが、患者がいないのでコーヒーを飲んで待っている心配だけはしたことがなかった。私は中近東やアフリカという土地を少し知っていた。そこは多くの土地が交通不便ではあったが、「風のもたらす便り」には恐ろしく敏感に反応する風土があった。

日本からこういう病気に対する専門のドクターたちが来て、何月何日から何日まで「ただで」手術をしてくれる、とアンツィラベのアベ・マリア産院で働くシスター・牧野が、診察室の外にマダガスカル語で張り紙一枚出してくれればいいのである。そうすれば、そこに人だかりがして、中には字の読めない人もいるだろうが、そういう人ほど熱心に字の読める人が読んでくれる内容を聞いている。

そして「従姉《いとこ》の嫁に行った先の義理の妹の娘の嫁入り先」には、そういう病気を持った子が生まれていたはずだと思うと、真っ先に知らせてやるのである。風のもたらす便りは、確実に数百キロのかなたまで伝わる。

しかしシスター・牧野はもう少し着実な方法も取ってくれた。カトリック教会がスポンサーになっているラジオの短波放送というものがあるらしく、その放送が一週間だけ、短い通告を流し続けてくれたのである。

しかしこれとても、ラジオさえ持っていない人もいれば、ラジオが壊れたままの人も多いだろう。電気がなければラジオも聞けない地域もある。というのはこういう土地では、電池などという高価なものを誰も買えないし、電池が売られていても、それは残量がほとんど残っていないようなニセモノであったりするケースも多いから、そんな乾電池を誰も買わない。従って、電気がなければラジオを聞くことなど現実としてはできないのである。

しかしその点、人の耳と親切は確実だ。知ったことは、気の毒な人にすぐ伝える。短波放送があって間もなく、シスター・牧野のところには手術の申し込みが続々と届いたようだが、中には口唇口蓋裂を他の病気と取り違えたりしていたのもあったようだ。しかしいずれにせよ、手応え、反応は十分にあったのである。

私は素人のわずかな知識で、麻酔の事故が起きないかと、そればかり心配していた。医師の技術の問題ではないらしいのである。どんなに優秀な麻酔医がいても、患者自体に、麻酔に耐えないケースが出てくる。それはもう、不運としか言いようのないものらしくもある。

私はそうした事態が起きないことを神に祈るばかりであった。安全ということは偉大な成功で、それは九〇パーセント、当事者の努力や技術にかかっているが、残りの一〇パーセントは運もあるからである。

現に、韓国から私たちと同じように派遣された医師団は、首都で第一の病院の手術室を借りてやはり口唇裂の手術を行っていたが、その第一日目に麻酔事故が起きて、一人の患者を死なせたこともあったようである。

それは麻酔医の技術が悪いというより、運が悪かった、つまり患者の子供が麻酔に耐えない健康状況であったというべきだろう。それにこの韓国の医師団は、人の目につく口唇裂を縫うことだけはしたが、非常に難しく、かつ口の中で目立たない口蓋裂の手術はしなかったという。

患者が手術に耐えるかどうかの判断は、体重その他の条件によるのだというが、その判定には、人情と理性の葛藤もあった。親たちにすれば、こんな好機を失ったら、もう一生子供の顔は治らないと知っているから、あらゆる手段で手術をしてもらえるようにする。

何百キロも離れたところから、何日もかかって路線バスを乗り継いで来たとか、シスター・牧野に「泣きついて」何とか手術予定者のリストに入れてもらおうとするとか、とにかくアンツィラベにはやばやと（一週間も前から）やって来て、野宿同様に暮らしてでもそこに居座ることで手術を受ける順番と権利を得ようとするとか、様々な手段を講じたらしい。

その一つの証拠が体重である。おおよそ子供の目方が十キロないと、ドクターたちは手術をしたくない。シスター・牧野は優しい口調で「来年まで、子供をしっかり太らせて、また来るのよ」と言うが、親たちはなかなか納得しない。

二〇一四年十一月の医療派遣は四度目だったが、患者の方も利口になって来て、最初の問診の時、「目方はどれくらいあるの？」と聞かれると、ほとんどの親たちが「十一キロ」と答えるようになっていたという。つまり親たちは、体重が十キロ以上あるということにしないと、手術の権利を失うと思ったらしいのである。そういう情報は患者たちの間で、あっという間に伝わるのである。だから自己申告の段階では、十一キロの体重の子供がやたらに増えた。

シスターもドクターも、選に洩《も》れた親子には「また来年、来ればいいから」というのだが、親たちは心配のあまり、本当に「来年も日本人のドクターたちは来てくれるのですか」と何度も聞くのだという。私は傍に立っていて「また来年ね」というドクターたちの言葉を何度も聞いていたから、或る時冗談に言ったことがある。

「先生、来年手術するからね、と仰《おつしや》って、来年また人数が多すぎてなされないことになったら、後が恐ろしいですよ。日本だってマダガスカルだって、女に不実なことを言うと、後が大変なのは同じでしょう」

私は邪魔にならない距離に立って、患者の様子を聞きながら、その生活の一端を見せてもらえることがありがたかった。

本来は子供の口唇口蓋裂患者が対象だったのだが、医療というものはそうは割り切れない。まだ若い女性は、或る夜、家に押し入って来た牛泥棒と、夫と舅《しゅうと》が格闘になった時、巻き添えを食って唇を刺された。田舎の保健所の男の看護師に傷を縫ってもらったのだが、痕が醜く残ってしまった。彼女は夫と夫の父に付き添われて来たのだが、ドクターたちは、そんなものはきれいに治せる、という。

そもそもマダガスカルで牛を持っている人は金持ちである。夫は牛だけでなく、キヤノンのカメラまで持っていたから、かなりの裕福な人である。しかし裕福だからと言って、見捨てるのもおかしな話であった。

泥棒はどうしたのですか、と聞くと、その場で夫と舅が撃ち殺したのだという。マダガスカルでは牛泥棒は、その場で射殺してもいいことになっている。捕まえて警察に引き渡し、裁判にかけたりしていたら、その間に泥棒たちは、賄賂《わいろ》を使って裁判で無罪にしてもらうか、服役中に外に出てまた同じ盗みをする。

この奥さんの顔はきれいに治って、本当に喜ばれた、と後でシスターは伝えてくれた。

患者たちのつく小さな嘘とも、ドクターたちは闘うことを覚えた。麻酔科のドクターはシスターなどの通訳で「手術は明後日だから、その日の朝ご飯は食べさせないで来るように」と何度も付き添いの母や祖母に言う。

「でもね、当日、僕は聞いてみたんですよ。朝ご飯は食べさせなかっただろうね、って。そしたら『食べさせてきました』って言うんですよ」

ドクターたちにすれば、だからあれほど言ったじゃないか、という思いだったろう。

「でも僕は、ひょっとしたらと思って、血糖値を測ってみたんですよ。そしたら六十五しかない。一体何を食べさせたんでしょうね」

私は自信はないけれど、私の見解を述べた。つまりその子の母か祖母は、見栄を張って、朝飯に何も食べさせてこなかったにもかかわらず、いかにも食事をさせて来たようなことを言ったのである。多分、その家には時々、食料がなかったのだが、食べさせるものがなかったと言うのは体裁《ていさい》が悪かったので、「食べさせてきました」と嘘をついたのである。そのおかげで、予定通り、手術はできた。私に言わせれば「よかった、よかった、神様のお助けだ」である。

貧しい人たちが、純朴で心も美しい、などと言うのは日本人の甘い思い込みだ。人間追い詰められれば、誰もが嘘をつく。何でもする。映画監督の松山善三《まつやまぜんぞう》氏が『名もなく貧しく美しく』という映画を作ったので、ますます日本人は、貧しい人は「正しくて心も清い」という思想を持つようになった。しかし貧しい土地に行けば、それは間違いだということがよくわかる。そういう土地ほど、泥棒、略奪、方便で嘘をつく人も増える。

顔の半面に大きな太田母斑《おおたぼはん》（青あざ）のある少女も来た。そのあざも、取れるのだという。しかし付き添ってきた母という人は、私から見ると威張って高圧的な人だった。ドクターが、こういう手術は筋肉がひきつらないように安全を考えて三年に分けてするのだ、と言っても、どうして一度にできないのか、というようなことを何度か言ったらしい。

診察室を出て行くときも、ありがとうも言わない人だった。一般に貧しい人は、私たちが考えるよりも、感謝を示すことが少ない。

この娘さんには、結局ドクターたちが辛抱強く、三年に分けて手術をした。最後に残ったのは、顎に近いこめかみの部分で、そこは表情筋が多く残っているところだから、危険をおかして手術するよりは、面積も小さいことだし、やらないでおいたらどうか。幸いかわいい巻き毛がいつもこめかみから下がっているので、それで隠せばほとんど目立たないのだ、と説明する場面に私も居合わせた。

しかし結局この強引な母親は、どうしても残ったあざの部分を取るようにとドクターに言い、どんな思いで承諾されたのか知らないが、押し切られたドクターは三年目に最後の部分を取る手術にも成功した。表情筋も傷つかないで済んだ。

さすがの高圧的な母親も、この時ばかりは嬉しかったらしい。シスターからの報告によると、この母親からは「お礼に牛一頭差し上げます」という申し出があった。するとドクターたちは「いいえ、牛などもらわなくていいんです」と遠慮されたというので、私は「そんなこと言わないで、二頭寄越しなさいと仰ればよかったのに」とほとんど日本人とも思えない感想を述べた。

ドクターたちは牛をもらっても、昭和大学まで持ち帰るわけではない。マダガスカルの習慣では、こういう場合、牛はすぐさま裏庭かどこかで屠殺《とさつ》して、その肉を煮て、町中の人に振る舞うのである。貧しい人は、牛肉などめったに食べられない。つまりこれはお祝いの行事になるのだ。だから私は二頭もらってもいいような、非常識な厚かましいことを言ったのである。

# 第16章　経理係としての神

私は、この原稿を、今後もこのような外国への援助をしようとしている人たちの参考にでもなればいい、と思って書いているのだが、今改めて当時の連絡に使ったすべての書類を読み返してみると、私の小心さや、的外れなことにいかにくだらないエネルギーを使ったかよくわかる。その中で、多少とも今後のお役に立ちそうな要素を持っているものだけを、最後の締めくくりに書きとめておきたい。

初めて正式な書状としてマダガスカルへの医師派遣が実行にうつされたことに触れているのは、二〇一一年五月より八カ月前の二〇一〇年十月末のことだが、その中で私たちは日本の善意の人々から贈られたお金で、アンツィラベのアベマリア産院に、帝王切開用の手術室が完成したことを喜んでいる。

それまでアベマリア産院では、難産のお母さんの赤ちゃんがなかなか生まれない場合、処置の施《ほどこ》しようがなくて、そのままお母さんを死なせていたこともあったらしいのである。帝王切開さえできれば、ほぼすべての赤ちゃんが無事に生まれ、お母さんも助かる。「お金の出し甲斐があったものだ」という喜びが、私たち全員の率直な思いであった。それというのも、そういう現場に日本人のシスターがいてくださったおかげであった。

手術室は二部屋あったので、そのうちの一室を日本のドクターが滞在中、口唇口蓋《こうしんこうがい》裂《れつ》の手術に使えるわけである。私はこちらから行く医師グループの大体の人数を伝え、できれば医療関係者を、産院に付属した入院病棟に泊めて頂けるでしょうか、とシスターに頼んでいる。

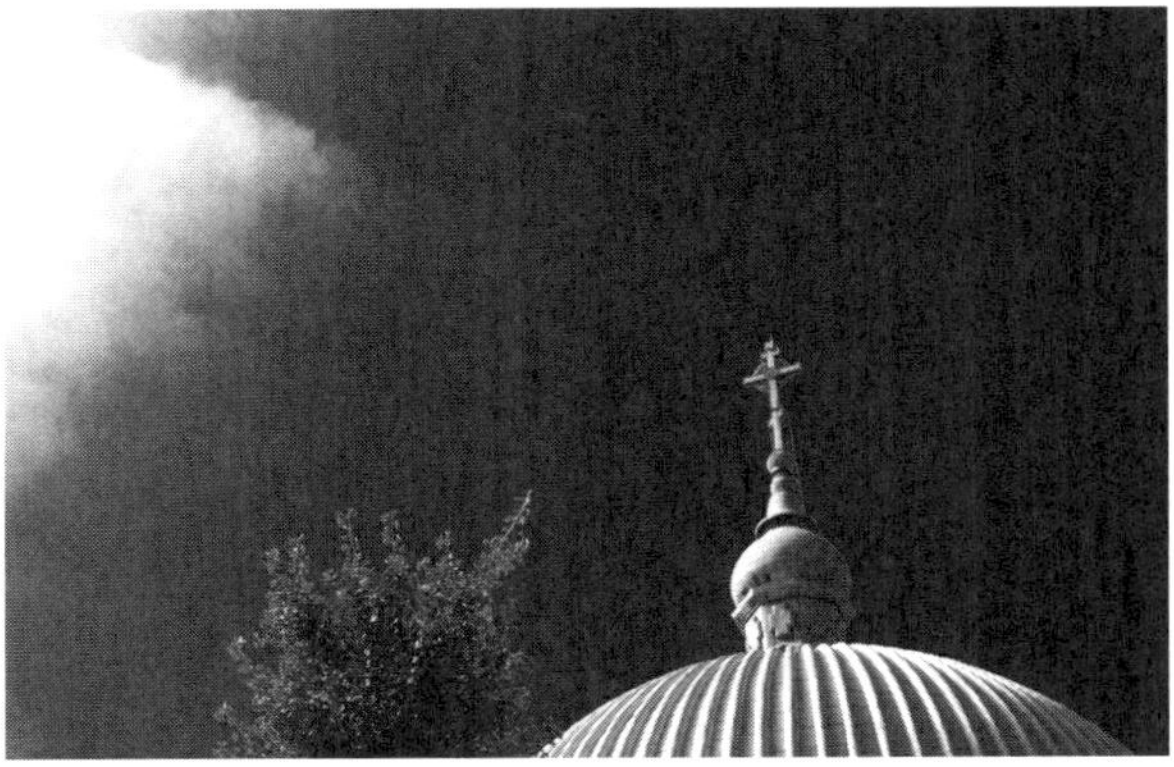

夜、手術を終わって修道院で夕食を食べると、終わるのは九時か十時にはなるであろう。その後、ホテルに帰るということにすると、そのホテルがいかに近いところにあっても、日本では考えられないような小さな心配もしなければならなかった。

お湯も満足に出ないホテルは、アフリカでは珍しくない。大通りでも街路灯は切れているかもしれないし、外国人は夜外を歩かない。夜は強盗を怖れて、土地のタクシーも個人の自動車も、そして仮にあったとしても救急車もめったに走らないのだという。

去年私が初めてアンツィラベに同行した人は、深夜近く夜更けの街を一人で歩いてみたが、昼間は一匹も見ない野犬が群れをなしているのを見て危険を感じ、早々にホテルに帰った、という。

こういう場合、「『マタイによる福音書』の十章の精神が役に立ちます」と私は当時書いているが、イエスは全くの素人《しろうと》であった十二使徒を伝道の目的で初めて地方に遣《つか》わす時、「まず知人のいる楽なところから始めなさい」と言っているのである。

張り切り過ぎて、反対者の多い見ず知らずの町に乗り込んで行くようなことは避けよ、という意味で、聖書のこの部分には、今でも日本の会社が、新しいマーケットの分野を探すために新人社員を派遣する時に、立派に役立つことが書かれている。

マダガスカル側にゴーサインが出てから、私が知りたがっていたのは、土佐泰祥《とさやすよし》先生の意向を受けてどのような患者が多いかということでもあったが、もともと産院しかやっていなかった医療機関では、全貌《ぜんぼう》を摑むのがなかなかむずかしい。

それより外科系の子供の手術は、全員が全身麻酔でやらねばならないので、現場の医療施設に麻酔器があるのか、それがちゃんと機能するのか、ということに全神経を使っていた。

そうこうするうちに三月十一日に東日本大震災が襲った。震災後、私が最初に送った手紙は三月三十日付である。印刷、出版の世界の秩序がすべて狂ったのは、東北地方にある製紙工場や印刷工場に被害が出たからであった。部分的に壊れた、浸水した。

その上、停電もある。さらに各誌が震災特集をやって増ページになったので、「皆さんが忙しくて疲労しています」、と私は言い訳している。

私の家の辺りは停電はなく、「ガソリンも一時と違って並ばずに買えます。野菜に放射能があるなどと言っていますが、私は平気でよく洗って食べています。一九八六年がチェルノブイリの事故ですが、私は同じ年にルーマニアのごく近いところまで、一九九九年には原発周辺の立ち入り禁止区域にも行っていますので、あまり慌てていません」などというファックスの手紙も残っている。

四月十一日になると、私の心配の頂点は、こちらから運ぶ機材がバンコクの積み替えのどさくさに紛れることもなく、マダガスカルの空港に着くかどうかということになっている。一個でも昭和大学の関係の荷物がなくなると、手術そのものができなくなるからだ。

宿泊はシスターから全員がアベマリア産院の入院室に泊まれるという返事をもらった。

「石鹼、歯ブラシ、スリッパも、各人に持参させるようにします。バスタオルだけ拝借できますか。かさばるので……。日本食品も少し持って行きます。キッチンを使わせて頂いて、日本人だけで食事を作る日があってもいいですね。醬油、ダシの素、ワカメ、他、今揃えています。

日本のドクターは夜、七時はもちろん八時過ぎまで、働かれることが多いようですから。先生方の夜食としては、カップメンを持参します。そちらの外科医が見学なさるのなら、どうぞ」

連絡の内容はこんなことである。

その間にも、麻酔器の確保の問題はまだ解決してはいなかった。先方の手術室に備えられている麻酔器が動くかどうかという保証はどこにもない。どうしても新しい麻酔器を日本から持ち込むほかなかった。一台に心肺のすべての機能の監視装置がついているらしい。値段は中古でも五百万円だそうで、新品だと一千万円などとも言われ、重量は梱包して百キロほど。高さは百五十センチ、縦横は七十センチだと、私はこのころにマダガスカルに知らせている。

問題は器械の手配ができただけでは済まなかった。人間だけ到着しても、麻酔器が到着しなければ手術はできないので、同じ飛行機の便に積みたい。その器械にどれだけ課税されるか大きな問題であったが、私は次第に考え疲れて、わからないことはこの際考えないことにした。

次の問題は、持ち込んだ麻酔器が手術の当日から動かなければ何にもならないのである。そのためにはいくつかの要素があったが、一番大きな問題は、使用時に必要な酸素が無事に手に入るかどうかであった。

当時は一回の派遣で、何人の患者を診られるかも、皆目見当がつかなかったのである。口唇を縫うだけなら比較的簡単な手術だが、そんな単純な口唇裂はむしろ少ないということもある。鼻柱にまで奇形が及んでいる場合、手術の分野はずっと広くなる。当時は誰もが、すべてのことに手さぐりであった。

ドクターたちに用意して欲しいと言われた酸素は、一千五百リッターのボンベ二十八本だったが、出発一カ月前の段階で、アベマリア産院が確実に手に入れられるのは二、三本だと言われていた。それはアンツィラベが首都から百七十キロ離れているのと、医療用酸素の供給システムが十分にないのと、両方の原因であったろう。

それで五月の初旬頃、私があくせく連絡を取ろうとしていたのは、医療用酸素が足りないならば、首都にオフィスを持っているはずの日本の建設会社に頼んで、溶接用酸素を廻してもらう、ということであった。後でわかったのだが、もちろん平時においては工業用と医療用の酸素は日本では別扱いされているが、現実には工業用を医療用に使っても問題はないというのである。

現地に着いて、手術室を初めて使われた時、ドクターのお一人が「ここの設備は一応のレベルに達してはいるけれど、本当のところ日本の普通の病院と紛争地域の野戦病院の中間くらいでしょう」と言われた。ようやく手に入れられた酸素ボンベが、手術室の一隅に突っ立っていて、私はそれを不思議とも何とも思わなかったのだが、そんな光景は日本では見られない、というのである。

このボンベは非常に重いので、もし倒れてきたら大変だ。日本では普通、離れた外部に酸素のボンベは集めて管理され、そこから配管によって、手術室だの、病室だのに供給されている。しかしその配管の設備が、どうしても間に合わなかった、とシスター・牧野は私に言い訳していたが、私には何が問題なのか、それまでわかっていなかったのである。

麻酔科のドクターによると、酸素ボンベをもし室内に置くとすれば、そのスタンドには特別な台というかホルダーがあり、マダガスカルのこの手術室みたいに、ボンベが一人で厳《おごそ》かに立っている、などという危険な光景は見当たらないのだという。

マダガスカルに同行して初めて現場の手術室でその説明を受けてから、私は愚かしいほどボンベの周辺を歩く時は遠回りして気をつけてはいたが、シスター・牧野に言わせれば、「マダガスカルではずっとこういう状態で何年もボンベが置いてありますけど、倒れたことなんか一度もありませんよ」ということであった。それが真実なのだろうが、マダガスカル側では二年目までにこの問題を解決して、きちんと配管を完成した。

つまりアフリカでは、日本のように素早くことが修復されるということがなくて普通なのである。

その当時、私はまだこの麻酔器をどっちみちマダガスカルに置いてくるのだから、昭和大学の手術が終わった後の三百五十日は、土地のドクターたちの手術に使えばいいと考えていた。ただしその場合は、管理者の責任をどうするかという問題は残っていた。

一回手術を行う毎に後のメンテナンスが確実でなければならない。消毒を怠《おこた》ったり、パーツを元へ戻さなかったり、不具合を放置することがあれば、翌年再びこの医療派遣が行われる時、肝心要《かんじんかなめ》の麻酔器が使えなくなっていて、この企画は一年無駄になる恐れもある。

中間を省いて言うと、色々と現地でも討議の末、麻酔器を土地の医師たちが使うことは現実的でない、ということになったのである。麻酔器が使えるかどうかということが、このプロジェクトの成功の鍵なのだから、妥協してはいけない、という意見が専門家の間の主力を占めて、私たちはこの器械をシスター・牧野の管轄の元に他の備品と共に一室に鍵をかけておき、翌年まで誰にも触らせないことにした。医療は誰のためにも開かれねばならないものだが、現実はそう簡単には行かない悲しさを私は身にしみて感じた。

三年目になると、私は別の心配をしなければならなかった。素人風に言うと、麻酔器だって「油差し」だの「ごみ掃除」だのをしなければならないのではないか。我が家の家電製品のように、何年目でもスイッチを入れれば確実に動くものかどうか心配になって来た。そのためには日本から専門の技術者に行ってもらう他はない。派遣の旅費が一人分増えるわけだが、それは致し方ないと私は心に決めていた。

しかしこの危惧《きぐ》に対しては、麻酔器の製造会社である泉工《せんこう》医科工業の青木社長が、会社の費用で優秀な技術者を一人、点検のために私たちと同行させてくださった。一つの仕事の陰には、こういう目立たない計らいの積み重ねが大きな働きをしているのである。

当時の笑い話の一つに、増え続ける携行荷物の中には生理的食塩水もあることに、私が文句を言っていることだ。もちろん子供の手術のために大事なものであることはよくよく知っているのだが、私に言わせると「たかが塩水なんじゃないの」、というわけだ。飲み水に塩を入れれば済むということではないことは良く分かっているが、航空貨物で水を運ぶということを私は嘆いていたのである。

しかし外務省が、私たちの目的を現地の日本大使館に伝えてくれたので、少なくともこのグループの渡航目的が決して営業のためではない、ということは証明されたらしく、現地の日本大使館から、夜半近く参事官が出て来てくださったおかげで、私は麻酔器に関税を払う必要はなくて済んだ。

前にも述べたとおり、一回目と二回目の派遣時に、私はボランティアとして「(神の)奴隷部隊」と呼ばれる数人を同行した。人間の奴隷はあってはならない状態だが、神の奴隷はギリシャ語で「ドゥロス・テウウ(神の奴隷)」という神学的概念を持ち、神のお望みになることをするのだから、この世の最高の仕事とされるのである。

この人たちは、日本では地位もお金も仕事もある人たちだったが、旅費も宿泊費も自分持ちで、完全なボランティアとして参加してくれたのである。

第一回目の現地での最初の仕事は、ドクターのお一人に割り当てられた部屋のトイレの便座が壊れていたのを「何とかする」仕事であった。便座を現地で売っていればすぐに付け直せばいいことである。

しかし地方の町には、そんな材料店もない。そんなことも薄々予測して私は電気の絶縁用として使われるテープをかなり携行していた。それをくるくる巻いてもらって、破片の先端が使用者のお尻に刺さることを防げた。

女性の「奴隷」は、手術を受ける子供を、お湯のシャワーで洗うという面倒な仕事を引き受けてくれた。何しろ、自分の家で寒い季節でもお湯のお風呂に入ったり、歯を磨いたりする習慣のない子供たちを、手術に備えて清潔にするのである。彼らの顔には食べ滓《かす》がこびりついており、歯は磨いたことがない。私たちの口も雑菌の巣だというが、子供を手術台に上げても、予備の洗浄がないと、乾いた垢《あか》は消毒液でほとびてくるだけで、ドクターたちは仕事を始められない。

ドクターたちは、もちろん非常に禁欲的で、夜仕事を終えられてから、お酒を飲むくらいが気晴らしだったが、私はそうした後方の雑用を少し果たした。一日おきくらいには、町で最大のスーパーに行って、ビールやラム酒を買ったり、朝飯用のソーセージを選んだりした。

ほんとうのことを言うと、そのソーセージを薄く切ってくれるカッターの衛生状態は、お義理にもいいとは言えなかったので、私は食中毒を怖れて、ハムやソーセージは、毎朝食卓に出す前にフライパンで両面を焼いていた。

このマダガスカルではないのだが、いつか別の国で、シスターに赤ちゃんを取り上げてもらったというお百姓さんが、日本からのお客にお礼にあげてくれと言って、すばらしいレタスを大籠に一杯届けてくれたことがあった。私は自分でも畑を作っていたので、このレタスのみごとさに感心したのだが、旅行中は生ものを食べない、ということが申し合わせになっている。

しかし私はこの農家のご主人の好意を無にし切れず、フライパンにお湯をたっぷり沸かし、その煮立ったお湯の中によく洗ったレタスを一枚ずつ潜らせてから同行者に食べてもらった。それで恐らく雑菌は死ぬのである。

こうした手さぐりのような海外旅行、ことに今度ははっきりとした目的を持った医療派遣の場合、一体いくらかかったか。私は帰ってから一番算数に強い秘書に一日がかりで雑費まで入れた総額を計算してもらった。すると明確になった費用は二千八十五万円であった。しかし私が驚いたのは、このプロジェクトの全貌を何も知らない一人の女性から、二千百万円の寄付が四月十八日付で東京に振り込まれていたことだった。

あまりにもぴったりした数字で、私は背中に、一種の感動の寒気が走ったように感じたことも記録しなければならない。神はすべてをご存じで、内通することなくこうした経理的仕事まで助けてくださったのだろうか。

私があれほど心配していた麻酔器の価格は、メーカーから、三百五十万五千円と知らされ、しかもそれは「寄付」ということになっていた。その通知書が発行されたのは五月二十六日。私たちは五月二十八日に出発したので、私はそれを無料にしていただけたことを知らないで日本を発っていたのである。

# 第17章　勝者もなく敗者もなく

私は一九九七年の二月の終わり頃から日記をつけ始めた。今までの所一日もさぼらずに書いている。

どうしてそういう経緯になったのか、実はよく覚えていない。

しかし、私には忘れてしまった遠い原因が推測できなくもない。世の中には、かなり公的な日記というものがある。これは重大なことから書くのである。

だが、私が書こうとした日記はその正反対のものだ。できるだけどうでもいい、取るに足らない、めめしいことを記録することで、当時の庶民の生活の感情を残しておきたかったのである。威張ることではないのだが、私は今でもこの姿勢を貫いている。

一九九七年当時私は日本財団というところに勤めていた。無給の会長職である。その結果私は作家と週二日半の勤め人の生活をすることになった。その結果どうなるか、ほんとうは私自身にも推測できなかった。

「なぜ、当時悪評に塗《まみ》れていた日本財団の仕事を引き受けたのか。答えは簡単だった。私は以前から日本財団の理事だった。そして当時の日本財団は、はっきりした根拠なしに猛烈ないじめに遇《あ》っていたので、その嵐の中では、誰が会長職を引き受けても、その人の経歴にも立場にも傷がついたのだ。

しかし私は作家で、初めから傷つくべき立場も名誉もなかった。その上、悪評のど

ん底にいるということは、私にとっては、むしろ一つの安定に思えた。

私は狡《ずる》かったのだ。

財団が悪評のどん底にいたから、会長のポストを引き受けた。いい評判の最中にあったら、多分断ったと思う。これ以上悪くなりようがない、という状態は、希望に満ちたどん底なのだ。もう運命は上りに向かうしかないのだから。」

と私は当時書いている。

私の最大の問題は私の心理的な対応だった。私は子供の時から、人中に出て行くのが嫌で、作家になっても、「文壇の会合」に出たこともなかった。出欠の返信用の葉書が来ると自動的に欠に○をつけるのである。

たぶん初めのうちは自分の会にあいつが出てこないのは悪意を持っているのではないかと、思った人もいるかもしれないが、そのうちに、私の偏《かたよ》った性格が知られるようになると、たぶん仕方がないと諦められるようになったのであろう。

この第一の性格上の問題を解決するのに、私は一つのテクニックを使ったのである。どうせ私のやることなど大して深い理由があるわけではない。私は組織の中の、一つの機能になろうとしたのである。その機能がうまく働くかどうかはまた別のことだ。私は自分が失敗するということをあまり恐れなかった。もちろん失敗の結果、人に迷惑をかけるという責めは負わねばならぬ。失敗したら、うちひしがれ、うなだれて自信を失い、できれば一刻も早く身を引くより仕方がない時もある。

その当時のおかしな自己暗示について、私は今でもよく覚えている。私は人と会うのを避けたいという姿勢を人工的に統御《とうぎょ》しようとして、自分をロボットのような機械と考えることにした。私の頭の後ろの髪の中に一つの秘密のスイッチがあって、私は家を出る時にそれをオンにするのである。すると、もう一人の私が動き出し、その日一日財団の決めた人に会い、予定通りの会議をこなす。二重人格と言われればそれまでだが、私にはそれができたのである。

普通で約九時間、長い日には十三時間、財団で働いた帰りの車に乗ると、私は秘密のスイッチをオフにした。するといつもの、家の中にいて黙って書いているのが好きな私に戻る。

新しい職場で果たさなければならない業務の内容は、数カ月に渡って説明を受けたが、私は必ずしも理解のいい人間ではなかった。しかし何しろその頃は百人にも満たない職員ではあったが、全員が私の先輩だったのだから、何でも質問して教えて貰えばよかったのである。こんなに便利で気楽な立場はない、と私は心底感じていた。

しかしもちろん、私が率先して片づけた方がいいといういくつかの問題はあった。その一つが、前ヤマト運輸会長の小倉昌男《おぐらまさお》氏を日本財団の評議員として認可することを、運輸省が拒否していた問題である。

小倉氏は私たちが、戦後最大の恩恵の一つと感じている画期的な「クロネコヤマトの宅急便」の制度を作った方で、あのような便利な組織を民間に作られたことにかんしては運輸省なりの立場やこだわりがあったのだろうか。

それとも小倉氏が直面したその頃の一連の経過の中で、運輸省批判をしたのが、運輸省の逆鱗《げきりん》に触れたという説もあるが、時代と社会の趨勢《すうせい》に照らして、運輸省がこちらの言い分を拒否する理由は全くなかったので、日本財団は運輸省を訴えたのである。そして裁判がこのまま進めば、財団側は勝訴するだろう、ということは、素人《しろうと》の私にも感じられることであった。

私は性格的に裁判というものに使う時間とお金を、どちらかというと無駄なものと考えていた。いくらになるのかはわからないが、役所も財団もこの裁判によって弁護士の費用がかかる。役所の出費はつまり国民の税金だ。それプラス両方の組織の誰かが、裁判の開かれる日には出て行かねばならない。たった九十数人で数百億円の予算を無駄なく使わねばならない財団側にとっても、こんなことに人手を割《さ》かれてはたまったものではない。

新参の私は事実上トップの仕事をしていた笹川理事長のところに行って訊《たず》ねた。「小倉問題に関して、私が古賀誠運輸大臣（当時）にお会いしに行ってはいけないでしょうか」ということだ。笹川理事長は「いいんじゃないですか」と言ってくださったが、私は「どうしたら大臣にお会いできますか」とまるで漫画のような質問であった。すると笹川理事長は一瞬考えたあげく「加藤紘一幹事長（当時）にお願いしてみましょう」ということだった。私はもともと権力者を避けるという心理的な姿勢があったから、政治家などでお親しいと言える方は、今でも一人もいない。

しかしその当時、私にはもう一つ配慮しなければならない下らないことがあった。当時マスコミが一番神経を尖《とが》らせていたのは、企業と官庁のつながりであった。「官民接待」は絶対にいけない。官庁の人は、民間の会社に行って、コーヒー一杯も飲んではいけない。ましてやいっしょに食事をしたりすることはとんでもない、という情熱に、皆が駆られていたのである。

しかし私はそんなふうに考えたことはなかった。笹川理事長に「大臣にお目にかかるにしても、あの殺風景な大臣室なんかでお会いしたくないんですけどね。質素にお食事をする所はないでしょうか。たとえば、おでん屋の二階みたいなところがいいんですけどねえ」

すると笹川理事長はいかにもおかしそうに笑い出した。

「会長」と、笹川理事長はわざと私にそう言った。

「普通おでん屋というところは、二階がないんです」

お酒を飲むことに無縁だった私は、そんなことさえもよく知らなかったのである。

しかし贅沢《ぜいたく》なところは避けたい、という私の希望は入れられて、間もなく私は大臣にお眼にかかれることになった。笹川理事長と私は、失礼がないように先に決められた赤坂の料亭に行った。そして部屋に通されると、私はびっくりした。それは世にも不思議な部屋だったのである。

床の間が両側の壁に二箇所ある。つまりどちらが上席かわからないようにするためであった。こんな不思議な日本座敷は見たことがなかった。

笹川理事長と私は、しばらく考えていたが、とにかくどちらが上座かわからなかったので、一方の側に二人が並んで座っていた。しかししばらくすると、私はそのおかしさに耐えられなくなった。両側に分かれて、これからカルタでも取るのか。それとも腕相撲でもやるのか、という感じである。

ついに私は堪《たま》り兼ねて笹川理事長に言った。

「笹川さん、これじゃ敵味方みたいで、おかしいですね。後で大臣がお見えになったらいいわけすることにして、ばってんに座りませんか？」

つまりどちらもお隣りは「お相手側の方」にしたのである。勘のいい笹川理事長はすぐに察して、私たちは何とも不思議な位置に座って待っていた。

間もなく大臣が見えられたので、私は事前に交わされた私たちの会話をお話ししたのだが、古賀大臣は何の違和感もなく、空いている席にさっさと座ってくださった。

そして間もなくお絞りが出る頃には、

「僕は運輸省に来た途端、訴えられてるんで、驚いたんですよ」

と穏やかな調子で言われた。それで私も、

「私も同じでございます。日本財団にきましたら、運輸省を訴えているので、びっくりいたしました」

小倉問題がこじれていることは聞いていたが、裁判になっている実感は薄かったのである。私は続けて言った。

「大臣、いかがでございましょう。これをきっかけに、小倉さんの評議員問題はよろしいということにしていただけませんでしょうか」

古賀大臣は言われた。

「いいんじゃないですか」

これですべては終わったのである。その後は、まるっきりの新人の私に対して、お二人は労《いたわ》りある、しかし楽しい話をし続けてくださった。普通こういう忙しい方たちは、一カ所の席にはなかなかいられないものだという。途中から別席に廻られることが普通なのだというが、その日はたまたま他の会合がなかったのか、お二人共、最後まで私たちと和やかなお喋《しゃべ》りをしてくださった。

お二人をお見送りしてから、私は席に戻り、かねて頼んでおいた通り、料亭の女将さんにその場で日本財団側二人分の料金を支払い、領収書を受け取った。笹川理事長は小さな声で、「ほんとうはその場で払うのは気の毒なんですよ」と私に教えた。「どうしてですか？」「その場で受け取ると、どうしても安くなるんです。一、二カ月後に請求した方が高く取れるらしいです」。

帰りに、私は日本財団の運転手さんに訊ねた。この人は、以前勤めていた会社でも、同じようなことをしていたので、銀座・日本橋・京橋・赤坂などの料亭に詳しい人だった。

「今日、うちが行ったあの料亭は、この辺では『一流の下』ですか？」

運転手さんは、一瞬考えた挙げ句に慎重に答えた。

「『一流の上』じゃないでしょうか」

ああ、よかった、と私は思った。大臣には申し訳ないが、私は貧乏趣味で、何事でもことが質素に済めばこんなにいいことはないと思っている。

これが三月三日のことで、三月十一日には、もう運輸省は小倉昌男氏の評議員就任を認可した。翌十二日が新聞記者会見の日だった。私は風通しのいい財団の運営こそ、それまでの風評を吹き飛ばすものだと信じていたから、記者会見は大切だと思っていたし、当時実にたくさんの記者がその度に集まってくれたので、私は彼らと共に海事関係の勉強会を時々開くことをすぐに実行に移した。

とにかく、その日、私は大臣と幹事長と、マスコミが堕落の極《きわみ》のように言っている会食をし、しかし運輸省と日本財団が、それぞれ割り勘で費用を支払ったと言って、手にした受け取りを見せた。そのやり方があまりに子供っぽく見えたのだろう、記者たちの間で笑い声が起き、一人の全国紙の記者は、会見の後で、

「運輸省が折れた、ということですね」

と言ったが、それは私の感覚とは全く違った。私はそれ以前から、アラブ世界に興味を持っていたが、彼らは、紛争の解決に当たって、できれば「勝者もなく、敗者もなく」ことを収めるのが、最上の策と心得ていることを学んでいたからだった。人間は「勝っても勝った顔をしないもの」なのである。勝ったとしても、そこには人間の能力を超えた運命の介在《かいざい》が必ずあったからなのである。

私はその日の日記に書いている。

「後で朝日新聞の記者氏が『こんなに穏やかに終わってザンネンですねえ。もっとごたごたしてくれればおもしろいのに』と言う。こういう正直な会話が出る空気もいい。一方私は小心に『これくらいのことで、いちいち記者会見なんかする方がいいんですかねえ。皆さんお忙しいのに』と、近くにいたどこかの社の記者氏に聞いている。すると、『それはやっぱりした方がいいんですよ』と教えてくれた」のである。

あの時、誰もが、ぎすぎすせず、ことを収めるために手を貸してくれた。私のような経験のない「弱者に優しかった」と言ってもいいのだろうが、ひいては、それは国家的な時間や力を、少しでも無駄なことに使わないという理解があったからだろう。小さな体験だが、私にとっては貴重な記憶だったのである。

# 第18章　達成を祝する言葉

二〇一五年四月十日、今から三十三年前に、私の眼の主治医で藤田保健衛生大学の学長でいらした馬嶋慶直《まじまよしなお》先生が亡くなられた。

昨年、癌《がん》の手術をされた時、途中で心臓が止まったのに電気ショックで蘇生《そせい》されたというので、皆明るい思いになっていたところだった。長いICUの生活からやっと解放されたと伺ったので、今年三月、私は京都へ行った帰りに、豊明《とよあけ》の病院にお見舞いにお寄りした。先生は退院を間近に控えられて、やつれたところもなく、明るくお嬉しそうで、私はたっぷり一時間近くお話しして帰った。

私はこのドクターによって視力を与えられ、五十歳から今までの三十三年間の作家生活を全うした。主な作品はほとんどその間に書いた。

私の生涯は、幼年期から、視力との戦いと言ってもよかった。私は遺伝性の強度の近視だったので、満六歳で小学校に上がる時に、すでに視力が弱いという問題は発生していた。私は背が高い方だった。学校ではずっと五十人のクラスの大きいほうから二番から五番くらいの間にいた。ということは、教室では常に後ろの方の机に座ることになる。すると黒板の字が見えないのである。

昔の子供たちは、みんなおっとりしていたのだろうか、それとも私の通っていたカトリックの学校が飛び抜けて生徒の心がおおらかだったのか、私は黒板の字が見えないと、すぐ隣の子のノートを覗き見させてもらっていた。しかしその私の行動を煩《わずら》わしがったり、イジワルをして見せないようにした子など一人もいなかったのである。もっともこんな姑息《こそく》なやり方では凌《しの》げなかったので、私はもちろん眼鏡もかけたし、先生にお願いして黒板に近い前の席をもらうようにしていた。

私はスポーツがすべて下手だった。その理由を親は、「この子は運動神経がないから」と思っていたようだが、それよりも理由は視力不足にあったと思う。その点を未だに教育関係者ははっきり言わないので、私は不思議でならない。

球技はすべて、球が相手方のコートの中にあるうちに、その力や方向を見定めないとこちらの姿勢の用意ができない。しかし私には相手方のコートにある球など、ほとんど見えなかったのである。私は平均台もうまく歩けなかったのだが、それはやや大げさに言えば、平均台そのものがよく見えていなかったからのような気がする。

とにかく私の視力は、裸眼だと検眼表の一番大きな字が、やっと見えるかどうかであった。この視力は「〇・〇二以下の近視」と言うらしい。なぜ「〇・〇一とか〇・〇〇九とか言わないかと言うと、それ以下の視力は、計れないからだという。

私の人生は、「見えない」という現実から出発した。もっとも私は親から健全な体をもらっていたので、常に代替えの機能を開発したし、残されたもので生きる道を考えていた。

代替えの一番大きなものは、聴力と嗅覚《きゆうかく》がよくなったことである。何のことはない。ジャングルの野生動物の才能だ。私は会う人の顔がほとんど見えなかった。眼鏡をかけていなければ、肉色をした丸いお盆のようなもの……つまり顔の中に、二個の黒い部分があるのがわかる。それが眼だ、という程度にしか見えなかったのである。だから人の顔を覚える、という機能が働いたことはほとんどなかった。

その代わり、私は人の声をよく覚えた。嗅覚も多分人よりはるかに優れていたのであろう。或る時、親しい人の家を訪ねて、玄関に入るなり、「今日はサトイモのお味噌汁作ってるのね」と当てて、不気味に思われたことさえある。匂いでわかるのである。

人の顔が見えないから、私は人を怖れるようになった。と言っても、私を知る人は、私の態度が悪いから、むしろ馴《な》れ馴《な》れしくて、人を軽んじているように見えることがあるらしい。しかし私は第一に、職業として、人と接しなくても済むものを選んだ。作家は作品だけが問題だ。別に人嫌いでも変人でもかまわない。作家はほんとうに、どんな偏《かたよ》った人間でもいいのだ。酒癖が悪くても、偏屈《へんくつ》でも、身勝手でも、性的倒錯《とうさく》者《しゃ》でも何でもいいのだ。最近のように作家が、人道・人権主義者であらねばならないと、作家自身が考えることはなかった。

もっとも、この嗅覚や聴覚のやや特殊な鋭敏さも、最近は失われて、私はごく普通の老人になりつつある。私は八十歳を過ぎ、人並みにそうした感覚が衰える年齢に差しかかったから、もはやサトイモの味噌汁を香りだけで言い当てる鋭敏さはない。

四十代から、私は自分の視力と戦いながら、かなりたくさんの作品を書き続けた。三十八歳の時に書いた『無名碑《むめいひ》』という土木小説からが、私のほんとうの作家としての仕事の始まりであった。そして約十年間の無理がたたって、四十代の終わりになると、視力の限界を感じるようになった。

その頃私は「文化放送」のラジオで、カトリック提供の番組の聞き手をやっていたが、夜遅く自分で車を運転して局から帰る時、もう前方が見えないような不安を覚えることがあった。私程度の強度の近視になると、昔の眼鏡は「牛乳ビンの底を切り取ったような分厚い」ものになる。重いレンズは、私の典型的な日本人風の鼻柱の上ではすぐにずり落ちるので、一番視力に合ったレンズの度の部分で物を見ることが出来ていないのである。

その不便を解決してくれるのがコンタクトレンズだということになった時、私はいち早くそれに切り替えたのだが、瞳の上に異物を載せるという不快感は、避けようがなかった。高価で小さなレンズはよくなくしたし、なくすと自分で探せない、という滑稽《こっけい》な光景が出現した。財布でも、定期でも、人は、なくしたら責任は自分にあるのだから、自分で後始末が出来なければならないのである。

しかし私は実は眼鏡を嫌っていた。なんとなくガリ勉で、面白くない女の子に見えそうな気がしていたのである。「眼鏡美人」などという言葉も発想も当時はなかった。今だったら「どうしてそんなに眼鏡を嫌うんですか?」と聞かれたら、「だってキッスする時不便じゃないの」と不真面目な即答もできるのだが、当時はやはり私は普通の娘になりたかったのである。

しかしいくらコンタクトが合理的でも、やがて私の眼は、ものの用に立たなくなった。無理して物を見るので絶え間ない頭痛があった。世界全体が暗くなり、生きながら土中に埋められているような強迫観念が出た。私は瀉血《しゃけつ》に通い、針を打ってもらい、やがて自分でも針を打てるようになったので、頭痛薬中毒にならないように、自分で針で治していた。

当時国電と言った山の手環状線の片隅でも、人に隠して針を打っていたことを思い出す。私は指圧や針やお灸《きゅう》をするのに、ツボを見つけられる天性の素質はあるようだったので、将来視力を失うことがあったら、鍼灸師《しんきゅうし》になろうとは決心していた。しかしやがて限度は来た。私は当時六本の連載を抱えていたが、それらをすべてこなす視力がなくなって来たのを感じた。三重視がひどくなって、もはや資料を判読できなくなったのである。

もちろん東京で眼科の検査は受けていたが、両眼に中心性網膜炎が出ているのも発見された。これは「手形の落ちない負債を抱えた社長がなるようなストレス性の病気」だそうで、普通片眼に発症するというのに、私のは同時に両眼に出た。きれいに治さないと、回復後でも網膜にひきつれが残って、正常な像が映らなくなる。

その時打ったステロイドの注射の影響か、網膜炎が治った後、私には若年性の後極《こうきょく》白内障《はくないしょう》が出て、三重視はさらにひどくなり、視野もますます暗くなって、ついに或る日、私は当時連載をしていた六社の出版社に出向いて、仕事が不可能になりました、という詫《わ》びをして歩くことを決心した。

中でも取材のために、十数年に亙《わた》って長野県の高瀬ダムの現場に立ち入りを赦《ゆる》してくれた東京電力の現場の総長のところに行った時には、涙が流れそうになった。もしこのまま視力を失えば、私は『湖水誕生』という作品を中断するままになるだろう。そうはっきり口で言ったわけではなかったが、相手は素早く察して、「曽野さん、治られて書けたらぜひ続けてください。しかしご無理だったら、気になさらなくていいんですよ。あれだけ長い年月、現場を見てくださったというだけで、皆喜んでいたんですから」と優しかった。

馬嶋先生の名古屋市内でのご葬儀の席で、私は先生の弟子でいらした平田國夫先生と久しぶりにお会いした。私は亡くなられる二週間前に病院でお元気な先生にお会いし、治して頂いた私の眼を、これでもう三十三年間も無事に、そしてフルに使わせて頂きました、というご報告をしたことを話した。

「私は申し上げたんですよ。冷蔵庫だって、自動車だって、三十三年間もちゃんと使えるものなんてありません。私の眼は、その点はほんとうによく使ったんです」

私はむしろ、古バケツの把《と》っ手《て》を継いで頂いたように感じる時もあった。私自身にそういう趣味があったのだ。バケツの把っ手が取れてしまえば、最近ではそのまま捨てる人が普通だ。しかし私自身は、その把っ手を何とかして直して再び使えば、そのバケツの命は続いて、バケツ自身も喜ぶような気がするのである。

私は、左右の足首を二本とも折って、それを手術で治して頂いた時も、同じように感じた。頂いた足は、長く有効に使わねばならない、ということだ。だから、私はリハビリ以上に足を使った。美しくは治らなかったが、役に立つ足にはなった。二度目の足の怪我は七十四歳の時だったが、私はその後も、普通の人なら行かないようなアフリカへ、毎年のように行けるまでになった。

馬嶋先生は病院で私の言葉を嬉しそうに聞いてくださっていたが、私は手術を受けた後、生まれてから見たことのないほどの視力を得て、家に帰った日のことを、胸に迫る思いで覚えている。

私はそれまでかつて見たこともないほどの明瞭さで現世を見たのであった。生来の強度近視が幸いして、私は白内障の手術に際して、眼内レンズを入れる必要もなく、裸眼で暮らせるようになったのである。

それまで暗かった部屋は突如として明るくなり、明け方にも夕方にも、それぞれ透明すぎるほどの色の洪水が窓から溢れて来た。私は生まれて初めて、鮮やかにこの世に存在するすべての事物の生き生きとした色と輪郭を見た。

豊明の病院で手術を受けて東京の自宅に帰って来た夜、私は二階の自分の部屋に上がってから、「しばらくの間、この世に生きているのかどうかわからなくなるほど泣いた」のである。その当時私は、もう小説を書かなくてもいい、とさえ思った。人生をこれほど鮮明に見させて頂いたなら、私は一人の人間として、十分すぎるほどの恩恵を受けたのである。

あれから三十三年。平田先生から、私の眼のような強度の近視には、手術の途中で、硝子体脱出《しょうしたいだっしゅつ》の危険性があるから、誰も手術をやりたがりませんよ、と改めて聞かされた。そういえばその当時、私は何人かの眼科の医師から、今はまだその時期ではない、「それにあなたは今どうにか見えているじゃありませんか」というような理由から、手術を断られていたような記憶がある。馬嶋先生は当時非常に新しい術式と言われたケルマン方式という、にごり始めた水晶体を超音波で破砕《はさい》して吸い出すという方法で手術を始められたばかりで、そして私の二眼目は、先生のその術式による手術を受けた一千三百三十眼目の症例になるという。

先生は超音波を使う術式で、強度の近視の手術をした例はまだあまり多くないので、とにかくせめて一万例くらいまで手術の実績がわかった後でやったらどうかと私に言われたこともあったが、私はそれは逆で、「それほど強度近視の手術の例がないなら、私がせめてその一例になって、後の患者さんたちの参考にならせて頂くべきではないでしょうか」と申し上げた記憶がある。

とにかく馬嶋先生は、やりたくない危険な患者の手術を、恐らくただ医師として、断ることのできない「任務として」引きうけてくださったのだろうと思う。どんなにおいやだったろう、と私は察することができる。しかしその結果、私は第二の人生を歩き出せたのである。

目が見えるようになって三年ほどたったとき、私はかねて念願のサハラ縦断の旅に出た。まだサハラの周辺国が今ほど危険ではなかった時代である。私たちは二台の四駆で、途中一千四百八十キロほどの完全な無人の砂漠を、水と燃料と食料を持って走った。私は全く体験のなかった砂漠の運転方法を習い、一台の四駆の六割くらいの運転を受け持った。それが、機械にも電気にも弱い、一番能無しの隊員の適職だった。

夜のサハラは壮大な詩であった。地平線より下にまで無数の星を散りばめた夜空が覆っていた。数十分に一個くらい流星が見え、その間に無数の人工衛星の光が普通の民間航空路ではない方向に夜空を横切って行くのが見えた。

眼が見えたから、ここまでこれた、と私は思い再びこの運命に深く感謝した。そう思えば思うほど、私は生に執着する気持ちが薄くなるのを感じた。もうこれでいい、いつ死んでもいい、と私はどれほど思ったかしれない。

馬嶋先生はご退院後数日を、ご自宅で元気に賑《にぎ》やかに過ごされた。前日も夕食の時、ノン・アルコールのビールをおいしそうに召しあがり、「明日も飲むぞ」とおっしゃったという。そして元気にお休みになったまま、翌朝お目覚めになるということはなかった。もっとも幸福な亡くなり方だと誰しもが思う。

それは先生が多くの患者に、視力というこの上なく大きな贈り物を与えて現世を旅立たれたからだ。私はその受けた贈り物の大きさを知っている一人である。

聖書には「受けるより与える方が幸いである」というイエスの言葉が、「使徒言行録」の中に出てくる。今の時代、人々は受けることを要求することばかり考える。しかし人生の充実感は、受けることではなく、与えたという実感にある、ということを、教育は教えない。「与える幸福」などと言うと、政府や資本主義に奉仕することはない、と反撥《はんぱつ》する教師もいるのだろう。

カトリックでは、神父や修道女が亡くなると「アレルヤ」と言う。「神を賛美しましょう」という意味だが、それはもっと強く「達成」を祝する感動の言葉だと言う人もいる。

# 第19章　泪橋の上で

私にはおかしな趣味があって、その一つは社会的に高い地位のあるような方に、「庶民の暮らし」を見て頂くという情熱である。

簡単な理由なのだ。そういう方たちは忙しい上、いわゆる「お立場」のような微妙なものもあって、周囲もやたらと気を使うから、なかなか外の世界に触れる機会と自由がない。強《し》いてやろうとすれば、迷惑を掛けることになる、と心配される場合もある。そのお気持ちもわかるが、反対に見て頂きたい、という思いも「現場」の人たちにはあるのだ。

それは私たちが、「為政者」と呼ばれているような人たちの生活を覗《のぞ》く機会がないのと同じことだ。私たちは、国会、裁判所、総理官邸などの中の生活を見たことがない。しかし……本音を吐けば……ほんとうにおもしろいのは、多分多彩な庶民の暮らしの中にある、と私は思っている。だから私はお眼にかけたいのだ。

私は六十四歳から七十四歳まで、日本財団という組織の会長をしたために、それまでの生活では全く知ることもなかったような立場の方たちと、職務上会うことがあった。私はその機会を大切に思い、失礼のないように心がけ、同じ人間としては誠実を尽くした会話を交わすように心がけてはいたが、正直なところ、大統領府や××宮殿というようなところでお会いした方々と、魂を揺り動かされるような会話や体験を共

有したことはなかった。

それは多分私の素質の問題で、仮に政治的に「大きな器」を持つ方にお会いしても、私にはその偉大さがわからなかったからではないかと思う。それと、そういう方たちは、自分一人の立場を超えて話す、という自由をなかなか許されないものなのだ。それもわかっているから、私は儀礼的にしてかつ、意思伝達に必要な会話以上のことを期待もしなかった。

しかし「普通の日常生活」の中では、私は出会った人々に始終心を打たれ、その体験を私の終生の財産として心に残していた。これはその一つの貴重な記憶である。

一時期、知人の尻枝正行《しりえだまさゆき》神父が、ヴァチカンの教皇庁諸宗教対話評議会次長（これは日本の省庁の次官にあたる）でいらしたので、評議会会長の歴代の枢《すう》機卿《ききょう》や大司教（どちらもカトリックの組織における高位の僧）とも親しくお話しする機会があった。その中でもピニェドリ枢機卿という方は、気さくなイタリア人で、いつも田舎司祭という謙虚な姿勢を崩されない方だった。

教皇庁諸宗教対話評議会というのは、日本の「省」にあたる機関らしいが、その任務は、カトリック以外のあらゆる宗教の人々と、親しく対話をするのを目的とする役所であるという。だから尻枝神父が会長に随行して日本に来られると、「今日は高野《こうや》山《さん》、明日は大本教《おおもときょう》」というふうにあらゆる宗教の代表者とお会いになる。

神父自身が、キリスト教だけでなく、仏教、特に浄土真宗《じょうどしんしゅう》に造詣《ぞうけい》の深い方だったから、ヨーロッパ人やアフリカ人の会長（大臣）は、ずいぶんと頼りにされていたことだろう。カトリックは決して他宗教を排除せず、相手の信仰を尊重することを信者たちに教える。

ピニェドリ枢機卿が日本にいらしたとき、私が山谷《さんや》にいらしてください、と尻枝神父を通じて申し上げたのは、当時、私の知人のシスターたちが山谷に住み着いて働いていたのと、そこがやはり日本の社会の一つのひずみを示す場所だと言われていたからだった。

シスターたちは、「幼いイエズスの姉妹会」と呼ばれる修道会の方たちで、この会はサハラでイスラム過激派に殺された有名なシャルル・ド・フーコー神父（一八五八〜

一九一六年）の死後にできた修道会であった。

細かい会則は知らないのだが、質素な修道服を身に付け、年中裸足にサンダル履き。三、四人が集まって貧しい人たちの住む町の一隅に質素な住居を構え、そのうちの一人を町の人たちの相談役として住まいに残し、残りの人が生活費を稼ぎに出る。その際、その土地と社会で、最も嫌われ、蔑《さげす》まれ、危険も多く、かつ労賃も低いような職に就くというのが決まりだと聞いていた。

山谷のシスターたち三人は、どんな仕事に就いていたかは聞きそびれた。しかし三人は、民間の家の二階の、三畳と四畳半を借りて暮らしていた。三畳間のうちの一部は小さな祭壇になっていて、そこでシスターたちは朝晩、修道院独特の長い祈りもしていた。

だから家具と言えば、古い茶簞笥《ちゃだんす》だけだった。残りの空間に夜は布団を敷き、ちゃぶ台を広げて食事をする。当然洋服簞笥などないが、粗末な修道服は、洗濯用の着替え一揃《ひとそろ》いがあればいいのだから、それで暮らせるのだろう、と私は人の暮らしを失礼に憶測していた。

当時、山谷を車で通る時は、できるだけ中心線の近くを運転しろ、と言われていた。横断歩道を渡るというルールを守らない人もいたから、脇から突然飛び出して来る人を轢《ひ》かないためには、中心線の近くを走れば避ける時間があるというのである。

山谷は確かに特殊な地域だとは言われていたが、シスターたちはその土地のことを、過度の好意も悪意もなく、淡々と語っていた。

私は一度、当時のドヤと呼ばれている簡易宿泊施設を見たことがあるが、六畳くらいの部屋にうまく縦横に置いたベッドが四つくらいあったように記憶する。それでいて一泊四百円ちょっとだった。だから一月《ひとつき》に直すと、そんな環境の寝床に、一万何千円かの家賃を払うことになる。

「おれが、もう少しましな部屋を探してやるから、かみさんとそこへ移れや。そうすれば夫婦だけで一部屋使って暮らせる。借り賃だって、今より少し安くなる」

とドヤ暮らしの夫婦に忠告したという人に私は会ったことがあるが、その場所は山谷ではなく深川高橋《ふかがわたかばし》である。彼に言わせると、山谷の住人は、まだ警察に火炎瓶を投げ込む程度の元気はある。しかし高橋の人たちはそれより一段気力もなくて、とうてい政治運動などしないというのだ。

この夫婦は、言われた通りドヤを出て、世話をしてくれた人に紹介された貸間に移り住んだ。しかし一月もしないうちに出て来てしまった。新しい住まいのどこが気に入らなかったのか、と聞くと「嬶《かかあ》がスリップで外を歩けないような所なんか、気が張って住めない」ということだったという。

当時のスリップというのは、縮みでできたジャンパー型のものだったかもしれないが、とにかく高橋では、冷房も扇風機もない夏には、そういう姿で路地奥くらいは平気で歩き回る気楽な空気があったのだろう。

枢機卿は大変お喜びで、山谷にシスターたちを訪ねる計画はすぐに進んだ。誰がどうして知らせたのか分からないのだが、浅草署が「大臣が来られるのだから、警備をつけます」と言われて私たちは当惑した。シスターたちは「大丈夫ですよ。山谷の人たちは皆顔見知りで、友達ですよ。私たちがいっしょなんですから、心配なんかすることはありません」と言う。私もそう思うのだが、しかしお役所の任務もあるから、まず浅草署に挨拶に行った。

このピニェドリ卿という方は、日本に来られる時にも、飛行機はエコノミークラスで旅行されていた。一度尻枝神父が、お歳もそうお若くはないのだから、「ビジネスクラスにお乗りくださったら」と言うと、「あなたは聖書に何と書いてあるか忘れたのか。弟子たちを宣教に出すにあたって、イエスは彼らに『お金も、予備の下着も、履物も、杖も持って行ってはいけない』と言われたではないか。キリストの弟子が、旅に出るのに、贅沢《ぜいたく》をすることはない」と言われて、日本での毎日も、普通のハイカラーの一神父の服装で通していた。

さて浅草署で私たちは挨拶をし、お茶を出され、その間に出発の支度《したく》は整った。一人だけ私服の警察官が、数メートル離れてついて来てくれることになったのである。最近の韓国におけるアメリカ大使の襲撃事件など思うと、警察としての義務はどんな時代にもあるだろうから、当時の私も納得したのだ。その方は少しくたくたのシャツ姿にわざと長靴を履き、山谷の通りでも目立たない服装であった。

私たちは三畳と四畳半のシスターたちの下宿に行ったが、難民でもないのにそれほど狭い空間に人間が住む生活を、枢機卿は初めてごらんになったことだろうと思う。そこで、シスターたちがここへ住み込む前後の経緯も聞いた。山谷の誰もが、シスターなどという人たちのことを少しばかにし、「まあ、姉ちゃんたち、どれだけ続くかね」という態度を取っていたのに対して、たった一人韓国人のコウさんという人だけが、「シスターさんたち、よく来てくれた」と喜んで、何くれとなく助けてくれた。

韓国人にとって、当時、日本茶は貴重なものだということになっていたというが、コウさんはその貴重品のお茶まで持って来てくれた。もっともシスターたちに言わせると、あんまりコウさんが大事にしまい込み過ぎていたので、お茶はもう古くなり、香りも失せていたというが、シスターたちがこの優しさを、何よりも感謝していたからこの話が出たのである。

一部始終を聞くと、ピニェドリ枢機卿は「私はぜひそのコウさんにお礼を言いに行きたい」と言われた。

コウさんはドヤ住まいだった。別に悪いことはないのだが、枢機卿のような青い眼の外人さんがドヤに入っていくと、皆びっくりするだろう、というシスターたちの配慮で、彼女たちがコウさんを呼び出しに行き、私たちは泪橋《なみだばし》の上で待つことにした。

コウさんは昼寝でもしていたのだろうか。初めて会った瞬間には、何が何だか事情がわからなくてポカンとしているという顔だった。しかし「ヴァチカンから枢機卿さまが、あなたに会ってお礼を言いたいと言っていらしたのよ」とシスターたちに言われると、初めて元気づき、

「そうだ、これから皆でコーヒーを飲みに行こう。私がおごるから！」

と言った。枢機卿は嬉しそうに、

「コウさん、ありがとう。でも私たちは今警察署でお茶を頂いて来たばかりです。今度来た時、必ずおごって下さい」

と言われ、ポケットから教皇さまの祝福を受けたロザリオを出してコウさんに渡し、イタリア式にコウさんを抱擁された。すべてが泪橋の上のできごとだった。

コウさんにコーヒーをおごってもらう間もなくピニェドリ枢機卿は亡くなられたが、たった一度でも、会えてよかった人というものが現世にはいるのである。

私はこの山谷のシスターたちの所へ、もう一人忘れられない人も連れて行った。当時自衛隊に勤めていたAさんという一佐で、この方は旧軍の陸軍士官学校の出で、しかも恩賜《おんし》の銀時計組と言われた秀才だった。旧制麻布《あざぶ》中学の出だったので、いわゆる都会のお坊ちゃん風で、実戦には向きそうにない、と夫は親しまぎれにカゲ口をきいていた。しかもAさんは近衛《このえ》師団の連隊旗手だったというから、さぞかし男前の士官だったのだろう、と推測される。

私は今までに、戦争を元にした小説を数本書いているが、その時、近衛師団の戦史を調べる必要があって、その時、自衛隊の戦史室のお世話になった。そこでこのAさんと知り合ったのである。

Aさんはやはり都会的な人物で、ものごとを深刻にではなく、他人に対してはいつも軽くユーモラスに表現する方だったが、実は戦争で深い傷を負っていた。

詳しいことは語られなかったが、シベリアに抑留《よくりゅう》されてやっと帰国してみると、日本に残して出た新婚の妻と、たった一人の生まれたばかりの娘が死んでいた。A氏は、それまでの自分の人生のすべてを失くしたのであった。当時日本には、そんな運命を背負っていた人たちが、あちらにもこちらにもいたのである。

私はなんとなくAさんを山谷のシスターの所へ連れて行きたいと思った。するとAさんもぜひ行きたいと言われたので、私は市ヶ谷の自衛隊の正門近くに自分で運転する車を停め、Aさんを拾った記憶がある。

息子が「お袋さん、背広姿の人なんかを連れて行くなよ。不自由だから」と言って、自分のウィンド・ブレーカーを押しつけたが、それは彼が趣味の鮒《ふな》の釣り堀に行く時に使うもので、全体から、餌だか魚だかの生臭い匂いがするようなものだった。

Aさんは車の中でそれに着替えたが、私の車に同窓の友人二人も乗っていたので、車を捨ててからシスターたちの下宿屋に行くまでに、私たちは前後して四人で歩いた。

私をも含めて、この三人の女たちは、いずれも背が高かった。百六十センチ以下は一人もいなかった。今では百六十センチの背丈などいくらでもいるが、当時はそれは大きな女として目立ったのである。Aさんと一人の友人が並んで先に歩き、私ともう一人の友人が後に続いた。するとすれ違った山谷の住人の一人が何か言った。私には聞こえなかったが、近くを歩いていた耳のいい友人がその言葉を捕らえた。

「今あの人、何と言ったと思う?」

「聞こえなかった」

「『でっけぇな。アタマに来らあ』って言ったのよ」

シスターたちの四畳半の祭壇の前で、私たちはシスターたちの夕の祈りに参加した。たっぷり三十分はかかる晩課《ばんか》は静かな時間である。しかし外からは、生き生きした町の喧騒《けんそう》が流れこんでいた。自転車の鈴がなり、子供の泣き声が聞こえ、物売りの声も女たちの笑い声もした。それらはすべて生きている人々のきざしであった。それなのに、新婚の妻と幼い娘の二人を失ったAさんの元に、そうした愛しきものは帰って来ないのである。

しかしAさんは静かだった。祈りの後、お礼を言い「また参加させてください」とだけ言った。私はその後、もう一度だけ、Aさんと山谷の晩課に出席した記憶がある。そのどちらの時だったかは記憶にないのだが、シスターたちは、狭い、数足の靴を脱ぐのがやっとというような玄関のくつ箱の上に、私たちのためのお待ち受けの花を牛乳壜《びん》にいけておいてくれた。それはセイダカアワダチソウの黄色い花であった。

アメリカから輸入された何かの貨物に種子がついて来たばかりに、日本全体にはびこったのだろうと言われるこの花は、空地にも、土手にも、線路脇にも、それこそあらゆるところに繁茂した。それを駆除するために、日本人は働いたし、私もこの生命力の強い「雑草」を家に入れないようにしていた。雑草と言うと亡くなった劇作家の田中澄江さんは、本気で怒られた。「名前のない草なんかないのよ」というわけだ。人もまた同じだ。誰にも名前があり、独自の重い存在の理由がある。

シスターたちは、山谷の近辺のどこでこの花を見つけたのだろう。コンクリートの割れ目にだって生える花だから、比較的近くで見つけられたのだろう。しかしその時、私はセイダカアワダチソウの花の美しさをはっきりと認識したのだ。

ピニェドリ枢機卿についても後日談がある。尻枝神父は、枢機卿が皇居で天皇陛下に拝謁《はいえつ》なさる時、通訳として同行した。すると枢機卿は楽しげに、それまでの数日の日本体験を話され、その中でも話題のほとんどは山谷のことだった。

その話し方には、ほんの少しだが、「陛下はごらんになったことがおありになりませんでしょうが」自分は見られましたという、「少年の自慢話」に似た語調があったという。

本書は、『ＷｉＬＬ』に二〇一四年一月号から二〇一五年七月号までに連載された「その時、輝いていた人々」をまとめたものです。

**曽野　綾子（その・あやこ）**

作家。1931年、東京生まれ。聖心女子大学文学部英文科卒業。

ローマ法王庁よりヴァチカン有功十字勲章を受章。日本芸術院賞・恩賜賞受賞。

著書に『無名碑』（講談社）、『神の汚れた手』（文藝春秋）、『風通しのいい生き方』『人間の愚かさについて』（以上、新潮社）、『人間にとって成熟とは何か』『人間の分際』（以上、幻冬舎）、『夫婦、この不思議な関係』『沖縄戦・渡嘉敷島「集団自決」の真実』『悪と不純の楽しさ』『弱者が強者を駆逐する時代』『想定外の老年』『この世に恋して』（以上、ワック）など多数。

**出会いの神秘**
**―その時、輝いていた人々**

2015年8月24日　初版発行

著　者　曽野　綾子

発行者　鈴木　隆一

発行所　ワック株式会社
東京都千代田区五番町4-5　五番町コスモビル　〒102―0076
電話　03-5226-7622
http://web-wac.co.jp/

印刷人　北島義俊
印刷製本　大日本印刷株式会社



ISBN978-4-89831-437-1